生贄たちの午後

清水セイカ

双葉社

カバーイラスト●めいにー
カバーデザイン●アイル企画
本文デザイン●有野陽一

目次

第一章『正義』

この世界で一番大切なのは、他者に対する優しさを忘れないこと。

私は、常にそうありたいと思いながら生きてきた。物心ついた頃から、今日に至るまでずっと。

幼稚園の頃は、先生から「優里ちゃんはいつも泣いている子に声をかけてあげて優しいね」と言われた。小学校ではクラスで仲間に入れない子を輪に入れたし、中学生になっても、嫌がらせをされている子にこっそり手を差し伸べた。多感な高校時代も、皆から「気持ち悪い」「ブス」と言われて敬遠されている子達に、私だけが平等に接していた。

なぜそんなことをするのか？　だってそれが、私の正義だから。自分の行動を偉いとも思わなければ、尊敬されたいと願ったこともない。ただ、優しくありたい。一つ一つは些細な行動かもしれないけれど、きっといつかそれが連鎖を起こす日が来る。

そうして、この世界に暮らす皆が幸せになればいいと願っているのだ。


朝。六時前に起床して、夫に持たせる弁当と朝食を並行して作る。あまり器用なほうではないけれど、結婚してからあと数カ月で丸二年。それなりにレベルアップしたのではないかと自分でも思う。たまにこっそり冷凍食品や惣菜を利用することも、手抜きとは思わない。これは、賢い選択というヤツだ。

「よし、完成」

なんてことはない朝食のラインナップ。それでも、大切な人と食べるなら味は格別。

「誠一さん、ご飯できたよ」

「ああ、ありがとう」

私の夫・福田誠一さん。彼は私の一つ歳上で、調剤薬局の薬剤師。元々は同じ職場という縁でおつき合いを始め、それからほどなくして結婚をした。誰に対しても誠実で優しく、少しだらしなくて気の利かないところはあるけれど、欠点はお互い様。私達は互いを認め合って、将来を共にしようと誓ったのだから。

「今日は久し振りの焼き鮭か。いい匂いだな」

犬のように鼻をヒクヒクさせる姿が、なんだか可愛らしい。

「新しいキッチンだし、魚の匂いがつくかなって思ったんだけど」

「そんなこと気にしなくてもいいんじゃない？　住んでいれば、いずれは汚れてくるもんだし」

「でも、なるべくなら綺麗な雰囲気を保ちたいなって。せっかく、こんなにいいマンションに住めるんだもの」

ワイシャツのボタンを留めながら、誠一さんがダイニングに腰かける。確かに彼の言う通りだけれど、できることならこのお洒落な空間に、焼き鮭の匂いは漂わせたくなかった。

「じゃあ、行ってくる」

「行ってらっしゃい、気をつけて」

お弁当の入った保冷バッグを手渡しながら、私は彼を玄関まで見送る。チラリとテーブルに視線を移せば、案の定食べた食器はそのまま置かれていた。誠一さんは靴を履き、そのまま出掛けていく。行ってきますのキスをする夫婦なんて、きっとフィクションの世界だけ。

「優里も気をつけて、くらい言ってくれたっていいのに……」

誰もいない玄関で、ポツリと愚痴をこぼす。いつものことなのだから、気にしても仕方がない。私は誠一さんが好きだし、尽くすことも妻としての務めなのだ。

ふぅ、と息を吐き気持ちを切り替えると、きびすを返しリビングへと向かう。真ん中に立ち、ぐるりと部屋を見渡した。

「やっぱり、素敵」

先週越してきたばかりの高層マンション『legame profondo』。この辺りでは一番規模が大きく、一棟に約七百も戸数がある。五十階建てでコンシェルジュも在中、さまざまな共同スペースも充実し、都心ではないものの立地条件もいい。

もちろん家賃もそれに比例しているけれど、それと引き換えに住人の質も保証されている気がする。まだ挨拶程度の関わりしかないけれど、皆落ち着いていて余裕があって、これからきっと上手くやっていけそうな気がする。

ワイドショーでよく見る「近隣住民とのトラブル」は、どうやら私には無縁の話になりそうだ。

「少しずつ、お洒落な家具や小物も増やしていきたいな」

二人暮らしで共働きの私達夫婦には、それなりに余裕がある。一年前に亡くなった誠一さんのご両親の遺産をマンション費用に充てていることもあって、特別贅沢な生活をしなければちゃんと暮らしていける。せっかくだから、この部屋に似合う上質なものを揃えたい。

以前雑誌で見たデザイナーズマンションのインテリアを想像していると、つけっぱなしのテレビからまもなく八時だというアナウンスが流れていた。

「いけない、支度しなくちゃ」

奮発して買った海外ブランドのエプロンを外すと、私はパタパタとスリッパの音を響かせながら洗面所へと急いだ。


職場は、調剤薬局。私はそこでパート事務員として働いている。

「お薬手帳またはアプリはお持ちですか？」

「ゆっくりでいいので、焦らないでくださいね」

「足元お気をつけて」

朝八時半から夕方の四時半までの勤務。独身時代に勤めていた薬局ではないので、誠一さんとは別の職場だ。自宅から自転車で十分程度の場所にあって、比較的通いやすい。

「福田さんって、本当いつも丁寧だよね」

患者さんが途切れたタイミングで、奥の調剤室から白衣を羽織った女性が出てくる。私は振り向いて、ニコッと微笑んだ。

「円味さんのほうが、いつも患者さんと楽しそうに話してるじゃないですか」

「良い人だったら大丈夫なんだけど、嫌味ったらしいジイさんとか、やたらせっかちなおばちゃんとかに当たると、つい顔に出ちゃう」

彼女はそう言って、首裏に手を当てながらコキコキと左右に頭を振った。

円味さんは、私が勤める調剤薬局の薬剤師の一人。五つ歳上で、誰に対しても気さくでサバサバしている、つき合いやすい人。けれど、なんでもハッキリと口にするきらいがあるために、患者さんとトラブルになっているのをよく見る。その度に、私がやんわりと仲裁に入るのだった。

「福田さんって、怒ったりすることとあるの？」

不意にそんなことを聞かれて、微かに首を傾げた。

「そういえば、あまりないかもしれません」

「だよね。想像がつかないもん」

円味さんは納得したように頷きながら、私の椅子の背に両手をかける。当たり障りのない笑みを浮かべながら、もう一度今の質問について考えを巡らせた。

夫の誠一さんや友人ともほとんど喧嘩はしないし、両親や姉と大きく拗れたこともない。

嫌な態度をとられたり、相手の言動が癪に障ったとしても、自分の中で上手く消化して、マイナスの感情を表には出さないようにしている。できることなら、私は他人のそういう気持ちも受け止めてあげられる人間になりたいのだ。

「これから先も、穏やかな人生を送れそうで羨ましい」

「地味とも言いますけどね」

「それが一番よ！　人生に刺激なんて必要ないって！　バツニの今、しみじみそう感じてる」

彼女がついた盛大なため息が、私の焦茶色の髪を揺らす。円味さんも色々大変だなと思いながら、無意識にヘアスタイルを整えた。

一日の勤務をつつがなくこなして、私は「お疲れ様です」という退勤の挨拶と共に頭を下げる。

昨日手入れをしたばかりの自転車に跨がり、今日の夕飯は何にしようかと考えを巡らせた。

「奥さん、今日はタケノコが安いよ。店でアク抜きしてあるから、すぐに使えて便利だよ」

「タケノコかぁ、いいですね。あ、新キャベツも」

帰り道にある商店街の中の青果店。今のマンションに越す前からのつき合いだから、店の奥さんとも顔見知りだ。

「あのマンモスマンションに引っ越したんでしょ？　新しい生活はどう？」

「とても快適です。部屋も綺麗だし、なんでもあって便利だし、エントランスはホテルみたいだし」

「そりゃあいいねぇ。私もこんなボロ店売っぱらって、お洒落（しゃれ）なマンションに住みたいよ」

豪快に笑いながら、慣れた手つきでレジの操作をしている。ここの奥さんはお喋りが大好きで、いつもお客さんと楽しそうに会話をしてる。特に噂話には敏感で、私にもよくこの界隈（かいわい）のゴシップなんかを教えてくれた。

「あそこなら、スーパーだろうがスポーツジムだろうがなんだってあるだろう？　こんな寂（さび）れた商店街にわざわざ足を運ぶのなんて、奥さんくらいのもんだよ」

「もうずっと良くしていただいていますし、それにここのお野菜が一番美味しいですから」

「あらまぁ。そう言われちゃあ、サービスしないわけにはいかないね」

まんざらでもなさそうな表情を見せる彼女は、ビニール袋にジャガイモを数個放り込んだ。

「そんなつもりじゃなかったのに。すみません」

「いいんだよ。また今度、マンションのお友達でも連れてきてくれれば」

あそこに住む人達はこの商店街を利用しないと、つい今しがた自分が言ったばかりなのに。ほんの軽口かもしれないけれど、やっぱり経営が厳しいというのもあるのだろう。私のような一介の主婦に、集客まがいのことを頼むなんて。

「これから先、お友達ができたら、ぜひそうしますね」

「だけど、あれだけの数が住んでるんだ。変なトラブルに巻き込まれないようにしないと。奥さん優しそうだから、すぐつけ込まれるよ」

こんな小さな界隈でも、日々揉め事は絶えないようだ。確かに彼女の言う通り、トラブルも少なくはないのかもしれない。

「肝に銘じておきます」

「そうしたほうがいい」

「ありがとうございます」

受け取った袋を軽く掲げながら、ペコリと頭を下げる。歩く度にビニールがガサガサと音を立てるのが少し不快で、エコバッグを忘れたことを後悔した。


自転車を駐輪場に停め、マンションのエントランスをくぐる。ここはセキュリティもとても厳重で、エレベーターに乗るまでにカードキーをかざしたり顔認証が必要だったりする場所が、三カ所も設置されているのだ。それに加え二十四時間の有人フロントに、コンシェルジュも常駐。まさにホテルのような待遇で、前世は執事だったのではと思わせるような老紳士に「お帰りなさいませ」と頭を下げられるのは、正直に言って悪い気はしない。

とはいえ、こんな場所に住んでいるからといってあまり驕った思考にはなりたくないので、喜んでばかりもいられないけれど。

人間謙虚が一番、変に贅沢を覚えてしまうと普通の感覚には戻れなくなってしまいそうで、少し怖い。

豪奢なエントランスを抜け、やっとエレベーターホールに到着した。停まる階数によって乗るエレベーターは分かれているので、四階の私は低層階専用機の前に立つ。

すると、後ろから数人の女性が話しながらこちらへ近づいてくるのに気づいた。私とは違い、一番端の高層階専用機の前で足を止める。

「綾女さん、今日はありがとうございました」

「あのお店、どれも凄く美味しかった」

「ワインの種類も豊富だったし」

こちらにまで、鼻をつくような香水の香りが漂ってくる。どの人も派手に着飾っているように見えたけれど、その中でも囲まれるようにして立っているひと際目立つ女性に、思わず目を奪われた。

身体のラインが際立つカットソーに、スラリとした長い脚によく似合うブラックパンツ。十五センチはありそうなヒールが、彼女が動く度にカツンと大理石の床を鳴らした。

「創作イタリアンって味はたいしたことない店が多いけど、あそこは違うのよね。シェフもコックも海外仕込みだし、客層もそれなりに良いからゆっくり食べられる」

「本当、空間から違ったものね」

「間違っても、子連れのママ集団なんて入れないわよ」

丁寧に巻かれたグレージュのロングヘアは、ガラス張りの窓から差し込む陽光に照らされ、キラキラと輝いている。ハッキリとした目鼻立ちの、とても目を惹く美人だ。先ほどから「綾女さん」と呼ばれているのは、きっとこの女性だろう。

「当たり前よ。適材適所って言うじゃない？　住む世界が違うんだから、ああいう人達はこっちに足を踏み入れないでほしいわ」

「このマンションに住むような人達ですら、綾女さんに勝てる人はいませんよ。なんといっても、最上階のペントハウスなんですから」

「やめてよ、たいしたことないわ」

最上階のペントハウス。たった一部屋しかない、一体いくらなのか想像もつかない部屋。確か、エレベーターが玄関と直結していて、廊下を歩く必要すらないと聞いた。

そんな異空間に暮らす勝者がこの人なのだと、初めて垣間見る世界についうっとりとしてしまう。

釘付けになっていると、不意に「綾女さん」と視線が絡んだ。慌てて頭を下げた私を見て、彼女はチラリとエレベーターに視線を移すと、これみよがしにふんと鼻を鳴らしてみせた。どうやら、私が低層階に住んでいることを馬鹿にしたようだ。

手にしていたビニール袋をサッと隠し、ちょうどやって来たエレベーターに素早く乗り込む。意思と関係なく鼓動がバクバクと激しくなり、触らずとも分かるほどに頬が熱い。

「綺麗な女(ヒト)だったな……」

上手く言葉に表せないけれど、彼女一人だけが特別に輝いていた。造形の美しさなのか、滲み出るオーラなのか、全てに対する余裕の表れなのか。同じ人間でも自分とは何もかもが違うと、あのたった一瞬でもまざまざと見せつけられた。

「だけど、ちょっと可哀想」

私が低層階の住人だからと、明らかに見下した態度をとられた。そうすることでしか自身のストレスを発散できないなんて、現状に満足できていない証拠だ。

私は、他人に酷い態度をとってまで自尊心を守りたいとは思わない。心まで貧しい人間には、なりたくない。

四階まで上がってすぐに止まったエレベーターを降り、気をとり直さなければとため息を一つ吐いた。

そんな出来事から数日後。私は今日、普段とは違う職場で受付とレセプト作業をこなしていた。系列薬局からヘルプを頼まれることがたまにあり、そんな時は大体、私が引き受けていた。

家から遠い場所だから少し面倒だけれど、だからと言って見て見ぬふりもできない。

「いつもありがとう、福田さん。何を頼んでも嫌な顔一つしないし、応対は丁寧だし、本当に助かるよ」

「そんな。私は当然のことをしているだけです」

「福田さんは謙虚だね」

薬局長が私の席へ近づいてきて、にこりと笑みを浮かべる。彼は五十代の男性で、穏やかな雰囲気の接しやすい方だった。

「前にヘルプに来てもらったのは、確か三カ月前だったかな？」

「はい、確かそうだったと思います。久し振りというほどではありませんが、見慣れない患者さんも多いですね」

「この辺りはオフィス街だし、若い患者さんも入れ替わり立ち替わり来るから」

ビジネス面でも需要があるので、同じビルにさまざまなクリニックがひしめいている。内科や外科、婦人科に精神科と、休憩の合間に駆け込む人をよく見かける。

薬局長と他愛ない言葉を交わしていると、自動ドアのチャイムが軽快な音を鳴らし来訪を知らせた。

「こんにちは。そちら、お預かりいたします」

丁寧に声をかけたけれど、その女性はこちらを見ようともしない。病院からの処方箋(せん)を無言でこちらに差し出した。

「あっ……！」

思わず大きな声を出してしまいそうになり、私は慌てて口をつぐむ。女性はスマートフォンの画面から目を離そうとしないので、どうやらそれには気がつかなかったようだ。待ち合いの長椅子に座り、スラリとした脚を優雅に組んでいた。

間違いない。以前エレベーター前で見かけた、ウチのマンションの最上階に住んでいるというあの女性だ。今日も変わらず甘く華やかな香りを漂わせ、人工光の下でも巻き髪が艶やかに輝いている。

向こうは私には気がついていない様子で、せわしなく親指を動かしていた。

この薬局は、マンションからは少し距離がある。にもかかわらず、彼女はどうやら初めての利用ではないようで、しっかりと記録が残っている。処方箋の全てが、近くの精神科のものだった。氏名の欄には〝帝人綾女（ていとあやめ）〟と記載されている。

「あの人、綺麗だよね」

私がジッと見つめていることに気づいたのか、薬局長がこそりと呟（つぶや）いた。

「女優かモデルと言われてもおかしくないですね。勤め先がこの辺りなんでしょうか？」

「どうやら、そういうわけじゃないみたい。聞いた話によると、けっこう有名なインフルエンサー？　らしいけど」

「インフルエンサー……」

確かに、調剤薬局の赤茶色の長椅子が驚くほどに似合わない。パッと目を引く容姿とスタイルだし、海外の血が混ざっているのではと思わせる彫りの深い顔立ちをしている。

有名なインフルエンサーなら収入もかなりのものなのだろうし、左手薬指にはめられている指輪は、一周ぐるりとダイヤがあしらわれているように見える。きっと彼女の夫も、高所得者に違いない。

精神科に定期的に通っているというのは、特殊な職業だから、やはり周囲からの攻撃の的となることも多いのだろうか。ネットニュースにも、不用意な発言で炎上しているインフルエンサーやライバーの記事が頻繁(ひんぱん)に載っているし。

「お待たせいたしました、こちらへどうぞ」

その後、薬剤師に促され彼女は個別ブースへと足を進める。薬剤師の説明を無表情で受け流しながら、長時間型と短時間型の抗不安薬を受け取ると、電子決済を済ませて去っていった。

明らかに、常用している患者の処方箋だった。

「そういえば、あの方だけ名前を呼ばれませんでしたね」

「キツく言われてるんだ。絶対に名前を呼ぶなって」

なるほど。名の知れた方なら、確かにあまり知られたくはないのかもしれないけれど、少し過剰過ぎるような気もする。マンションから離れた場所にある精神科クリニックに通っているのも、きっと似たような理由だろう。

こうして薬局長と会話をしている間も、私の頭の中に浮かぶのは先ほど目にした彼女の後ろ姿。凛(りん)と伸びた背筋と、自信に満ち溢れた表情、そして、この世は自分を中心に回っているかのような態度。私の知るあの人によく似ていると、そう思った。

「すみません、お手洗いに」

「はいはい、どうぞ」

　忙しさが途切れたタイミングで、私は静かに席を立った。この薬局は従業員も患者と同じトイレを使用しているので、混雑時には気を遣う。とはいえ、ヘルプに入る機会もそう多くはないから、さして問題ないのだけれど。

「あれ？　これは……」

　たまたま目に入った洗面所の隙間に一枚の紙が落ちていることに気づき、指を伸ばしてそれを掴(つか)んだ。どうやら、トイレを利用した患者が落とした調剤明細書のようだ。

「帝人綾女……って、ええ！」

　思わず声が出て、慌てて口をつぐむ。名前を呼ばないでと頼むわりに、こんな場所にこんなものを落とすなんて。これを見れば、どんな薬を服用しているのかが一目瞭然なのだから。

　薬局長へ報告するか、それともシュレッダーにかけるか。しばらく考えた結果、私はそれを丁寧に折り畳んでポケットに仕舞い込んだ。


　数日後。私を認識さえしていなかった帝人さんは、今しっかりと私に視線を向けていた。

「拾ってくれたのが福田さんで助かったわ。わざわざありがとう」

「いえ、そんな。私はただ、当然のことをしたまでです。お役に立てて本当に良かった」

トイレで拾った調剤明細書を、帝人さんに手渡す。拾った後、もしかするとこの間と同じようにエレベーター前で会えるかもしれないと、何日か待っていた。その結果、今日こうして無事に本人に会うことができたというわけだ。

ポストに入れても良かったのだけれど、落としたはずのものがいきなり入っていたら気味が悪いだろうと思い、きちんと身元を明かしたうえで拾った経緯も説明した。すると予想以上に感謝され、あろうことか帝人さんと連絡先まで交換した。

たまたまこういった展開になっただけで、私は純粋に彼女の力になりたかっただけだ。たまたまヘルプに入った先で帝人さんを助けてあげられるなんて、運命のようだと驚いた。

精神科へ通っていることを周囲に知られたくない彼女が、望んでいない事態に巻き込まれなくて本当に良かったと。

「福田さんって、私のこと知ってるの？」

「はい、驚きました。帝人さんのような有名な方が、まさか同じマンションに住んでいるなんて」

本当は薬局長から聞くまで知らなかったけれど、嘘も方便というもの。これから交流を深めていくためには、仕方ない。それに、本人に面と向かって「知らない」なんて言う勇気もない。

「同じ、ねぇ」

「あ、いいえ。私は四階で、帝人さんとは住む世界が違うと思っているので。言葉の綾とはいえ、失礼でしたね。すみません」

ピクリと片方の眉を動かした彼女を見て、慌てて弁明する。それ以上追求されることもなく、帝人さんは軽く頷くだけでこの話は終わった。

「まぁ、いいわ。そんなにかしこまらないで、今度お礼させてよ」

「気を遣わないでください。本当に偶然が重なっただけですので」

「福田さんって謙虚な方なのね。私も、礼儀はキチンとしたいたちなの」

ここまで言われては、断り続けるのも忍びない気がする。彼女の顔をたて、一度だけお言葉に甘えさせてもらおうと、私は笑顔で頷いた。

「週に一度、パーティールームで私主催の『ヌン活会』を開いているの。次の開催日に、ぜひ参加してよ」

「ヌン活会……素敵ですね」

日常では使わない単語が出てきたので、思わず羨望(せんぼう)の眼差しを向けると、彼女は満更(まんざら)でもないような笑みで髪をかき上げたのだった。


「帝人さんって、本当に美人なんだよ。SNSのアカウントも、なんとフォロワー八十万人！まさか、そんな有名人とお近づきになれるなんて思わなかったわ」

夕食時、私はその日の出来事を興奮気味に誠一さんに話した。彼は私の作った親子丼を黙々と食べながら、ただ「ふうん」と相槌(あいづち)を打つだけ。

あの帝人さんから誘われることがどれだけ凄いか、彼はちっとも分かってくれない。

「ほら、見て？　綺麗な人でしょう？」

ロクに話も聞かずテレビにばかり視線を向けている誠一さんに、ズイッとスマートフォンの画面を見せつける。すると、先ほどとは打って変わりノンフレームの眼鏡の奥に見える瞳が煌めいた。

「確かに、凄い美人だな。モデルか何か？」

「有名なインフルエンサーだってば。でも、昔は読者モデルもしてたみたい」

「いつか俺もバッタリ会えたりするかな」

私が話している時は適当だったくせに、帝人さんの写真を見た途端に態度を変えるなんて。いい気はしないけれど、私はこんなことで怒ったりしない。

誠一さんだって、何も彼女と本気でどうにかなりたいわけではないことは分かっている。芸能人に憧れるような感覚なのだろう。

「美人だからこその悩みもあるんだろうね。話すきっかけになったのも、帝人さんが精神科に通ってるからだし」

「えっ、そうなのか？」

「誰にも言わないでね。私、彼女の迷惑にはなりたくないもの」

誠一さんにならと、帝人さんに処方された薬の名前を告げると、彼は途端に眉根にシワを寄せた。薬剤師である誠一さんは、その薬の利点も欠点も熟知している。

「私にできることはなんだってするつもり。せっかく知り合えたんだし、帝人さんの心を少しでも癒やせたらいいなって」

「優里は、そういうところ優しいよな」

「人として当然だよ。でも、褒めてくれてありがとう」

ニコリと微笑むと、彼も同じように笑ってくれた。

「優里」

「なあに?」

「この親子丼、ちょっと甘過ぎる」

その一言で、せっかくのいい気分が台無しになった。これ見よがしに頬を膨らませてみても、誠一さんは気づいてくれなかった。

初めて足を踏み入れる、マンションの四十五階にある共有のパーティースペース。一体何十人入れるんだろうと思うほどの広さに、最新のシステムキッチンやあらゆる調理器具を完備、ソファや照明もいつかテレビで見た高級ホテルに引けをとらないほどにお洒落で、上質な造り

だとひと目で分かる。全面ガラス張りで室内はキラキラと輝き、私の部屋のベランダから見える景色とはまるで違った。

コックコートに身を包んだパティシエや、カフェエプロン姿のバリスタまでいることに驚いたけれど、どうやら帝人さんの知り合いらしい。

私の他にも十名ほど参加しており、どの女性も華やかな装いで、奮発してブランドもののワンピースを新調して良かったと、内心胸を撫で下ろした。

「福田です、初めまして」

「先日知り合ったの。皆仲良くしてあげてね」

デコルテが強調された、ラウンドネックのタイトなブラックのロングワンピース。左サイドに深いスリットが入っており、彼女が動く度にスラリとした長い脚がおしげもなく晒されている。一体いくらするのか想像もつかないような大粒ダイヤのネックレスが、白い肌によく映えていた。

これだけ着飾った女性が集っていても、やはり帝人さん一人だけレベルが違う。身につけているものもそうだけれど、骨格から何からがもう一般人のそれではないと思わせる魅力が彼女にはあった。知り合って以降ＳＮＳもくまなくチェックしたけれど、本物のほうがより綺麗だなんて、異次元のレベルの存在だ。

帝人綾女はまさに、この場を支配する完璧な『女王』だった。

そんな彼女から直々に紹介された私は、周囲の注目を一身に浴びた。味わったことのない緊張と高揚に、口内がカラカラに乾いて上手く話せない。それでもなんとか当たり障りのない自己紹介を終えると、皆拍手で私を迎えてくれた。

帝人綾女主催のヌン活は、ビュッフェ形式で行われた。華奢で繊細な作りのケーキスタンドには、ひと口サイズのケーキやマカロンが並べられている。もちろんコンビニやスーパーのスイーツとは違う、見た目からお洒落で美味しそうなものばかり。

紅茶やコーヒーも、オーダーするとその場でバリスタが淹れてくれる。まるでカフェやケーキショップを丸ごと貸し切っているような贅沢感に、いつの間にか緊張よりも楽しさのほうが勝っていた。

「福田さんは、何階にお住まいなの？」

「私は四階です」

「あら、そうなの」

有名なフランスの高級ブランドのデザートプレート。以前ネットでチラリと見て憧れたけれど、とても手の出せる金額ではなかった。まさかこんな風に、実際使える日が来るなんて。

帝人さんを中心に各々好きなデザートを取り、しっとりとした上質な本革のソファに腰かける。深く沈み込み過ぎない絶妙な座り心地で、食べやすいように配慮されているのだと、内心感嘆の声を漏らした。

以前彼女と話した時の反応もそうだったけれど、居住階を答えると小馬鹿にした反応を返される。低層階の人間は馬鹿にされやすいという話は都市伝説のようなものかと思っていたけれど、どうやら帝人さんとその周辺の人達にはそうではないらしい。

広い庭つきの一階を除いて、高層階に行くにつれ家賃は高額になる。そういった意味でのマウント合戦なのだろうが、素敵なマンションに住めるだけで十分だという考えに至らず、相手を馬鹿にするような思考は可哀想だと同情すらしてしまう。

確かに私達夫婦には、高層階に住むだけの資金はなかった。けれどそれを恥ずかしいことだとは思わないいし、何より同じ階やそれより下の階の住人達にも失礼ではないか。

「四階だと、高層マンションの利点を感じられないんじゃない？」

「高層階の方々は、こんなに素敵な景色を毎日味わえるんですね。確かに、私は下の階で損をしている気がします」

それでも、この場で反論する勇気は私にはない。クルリと周囲を見渡しながらそう言うと、女性達は一様に頷いた。

「虫も一切いないし、変な騒音に煩わされることもないし、快適よね」

こういう話題が出るということは、この人達は全員高層階の住人なのだろう。本心とは違うけれど、ここは話を合わせておいたほうが無難だ。

「だけどやっぱり、綾女さんには敵いませんよ。なんと言っても最上階、それもペントハウスですもん！」

「そうそう、普通の人には絶対手の届かない憧れの生活ですよね。素敵だなぁ」

「旦那さんもハリウッド俳優みたいにイケメンだし、何もかもが完璧過ぎて！」

ティーカップから手を離し、キラキラと羨望の眼差しを帝人さんに向けている。そうしたほうがいいのかと、私も皆にならった。

彼女のご主人は、ＳＮＳで見たから顔だけは知っている。フランスと日本のハーフらしく、確かにその辺りを歩いている男性とはレベルが違っていた。そんな人とのツーショットでも、まったく見劣りしていなかった帝人さんはやはり凄い。

仲睦まじい雰囲気で頬を寄せ合う姿は、まるで雑誌の切り抜きのようだった。

「本当はもっと都心が良かったんだけど、あんまり目立ちたくなかったし、妥協したの」

きっと、褒められることに飽きているのだろう。帝人さんは艶々のロングヘアを優雅にかき上げながら、勝者の笑みを浮かべた。

「盗撮とかされたり、毎日週刊誌に追われても嫌じゃない」

帝人さんは、平凡な人生しか歩んでこなかった私とは考えることが違う。だって普通に生きていれば、盗撮や週刊誌の記者に怯えることはない。そう考えると、彼女が不憫に思えた。

「綾女さんくらい有名だと、避けては通れない道ですね」

「私達も、迷惑にならないようにしないと」

「みすぼらしい格好で綾女さんの側にいたら、評価を下げることになっちゃいますもん」

この人達はこの人達で、ヌン活会が始まってからずっと帝人さんを褒め称えている。常に顔色をうかがって、些細なことも大袈裟に反応して、美味しいスイーツを思いきり堪能するよりも、スマートフォンで写真を撮ってばかり。

私も今は合わせているけれど、内心では相当疲弊していた。たった一度参加しただけでもそう感じるのだから、彼女達の心労はかなりのものだろう。やはり、可哀想としか思えない。

「福田さん。今日のワンピースは素敵ね」

「えっ、あ、ありがとうございます！」

頭のてっぺんから足のつま先まで、帝人さんの視線が私の身体を這い回る。頭を持ち上げた蛇に狙われている野ネズミになったような、非常に嫌な気分だった。

「帝人さんにお声かけいただいたからには、下手な服装では伺えませんから」

「福田さんはきちんとした方だわ」

「こうして今この場にいられることが、本当に光栄です」

半分は本音で、半分は建前。帝人さんのような人とお近づきになれることは嬉しいけれど、心のどこかに違和感もある。見た目や住んでいる階数で人を値踏みするような集団の仲間入りをしても、本当に自分のためになるのだろうかと。

「あの人とは大違いよね」

帝人さんの隣に座っている妖艶な雰囲気の女性が、チラリと彼女に視線を向ける。すると、周囲も一斉に嘲笑めいた表情を浮かべた。

「そういえば、今日は？」

「もちろん、招待したわよ。全員分のスイーツを買ってくるようにって、お願いしてあるの」

「あはは、それおもしろいですね！」

自分に理解出来ない話題で盛り上がるこの雰囲気は、あまり気分のいいものではない。そんな私に気づいた一人が「福田さんが変な顔してる」と言って茶化（ちゃか）した。

「あなたにも教えてあげる」

少し大きめの唇に映える赤いリップは、帝人さんによく似合っている。彼女の妖艶な口元が、ゆっくりと弧を描いた。

「とーっても惨めで可哀想な、あの人のことを」

その瞬間、カチャリと扉が開く。そこから顔を覗き込ませたのは、大量の紙袋を抱えた黒髪の女性だった。

一瞬で場の雰囲気が変わり、全員の視線が彼女に注がれる。私は内心、開いた口が塞がらないほどにびっくりした。

クシを通しているのかさえ怪しいボサボサの長い髪と、視界を塞ぐように長い前髪。黒縁の眼鏡も、ただの白いカットソーも、中途半端な丈のロングスカートも、身につけているもの全てが流行遅れ。ハッキリと口にするなら、ダサいとしか言いようがない。

洗練された空間と派手に着飾った女性達の中で、飛び抜けて異質で場違いで、明らかに浮いていた。

「お、遅くなってすみません」

喋る度に、肉づきのいい頬がピクピクと動く。急いでやって来たのだろう、いかり気味の肩がふうふうと上下しており、荒い鼻息のせいで眼鏡が白く曇っていた。

「ヒメ、遅いじゃない」

「ヒ、ヒメ……?」

その呼び名に思わず反応してしまった私は、慌てて口を塞ぐ。帝人さんは愉快げに口元を歪め、こちらに向かって小さく頷く。まるで「その気持ち、よく分かるわ」と肯定されているかのような気分だった。

「り、量が多くて……指定された店も、その……遠かったし……」

その女性の声は、のっぺりとした鼻声で聞き取りづらかった。ひたすらに俯き、帝人さんに向かってペコペコと頭を下げている。

「あら。私のせいだと言いたいのかしら」

「い、い、いいえ。違います」

〝ヒメ〟と呼ばれたその人は、帝人さんの言葉に怯えたように肩を震わせた。手に持っている大量の紙袋が、ガサガサと音を立てる。

「福田さん、会うのは初めてよね？」

「えっ、あ、はい」

「姫宮麗子さん、皆からはヒメって呼ばれているの。素敵なあだ名でしょう？」

　同意を求められても、反応に困ってしまう。姓名をもじっているのは分かるけれど、どう考えてもわざと馬鹿にするためにつけた呼び名だろう。本人が希望したものだとは、到底思えない。

「……ふふっ」

「よねぇ、やっぱり」

　帝人さんをはじめとして、周囲の人達もこれ見よがしに嘲笑していた。私が起点となったことが不快で、申し訳なくて、ついその女性……姫宮さんを凝視した。

「あ、あの。このお菓子はどうすれば……」

　どうやら彼女は、帝人さん達からお菓子を買ってくるように頼まれたらしい。けれどもう、私達は既にヌン活を十分に堪能した。それも、目の前でパティシエが用意してくれた本格スイーツだ。

「ああ、それはもう要らないわ」

　案の定、帝人さんは鼻先で一蹴した。

「そ、そんな……。こんなにたくさん、どうすれば」

「間に合わないのが悪いんじゃない」

「綾女さんの言う通りよ。むしろ迷惑をかけたんだから、もっと申し訳なさそうにしたほうがいいんじゃない？」

それは違う。だって初めから、この部屋には帝人さんが呼んだパティシエがいた。姫宮さんを陥れるための、幼稚で酷(ひど)い嫌がらせ。

ここにいる女性達は、彼女に合わないあだ名をつけたり、場にそぐわないのにわざと呼んだり、要らないものを買わせたり、こんなことをして楽しんでいるのだ。

「福田さん？　どうかした？」

「えっ？　いえ、なんでも」

帝人さんのピリリとした声色に、私はニコッと笑顔を作る。最初から、住んでいる階数のことで馬鹿にされていた。ここで下手を打てば、私まで敵だと見なされてしまう。

美しく着飾った完璧な外見のその内側は、プライドと加虐思考の塊。平気で他者を傷つけられるような人間性を持った女(ヒト)。私には、考えられないことだ。

「あーあ。ヒメが水を差したから気分が削がれちゃったわ。今日はせっかく、新しい人が増えたのに。福田さん、ごめんなさいね？」

「い、いえ私は……」

「不快だったでしょう？」

それは疑問文のようでいて、否定は許されない。もしや自分はとんでもない場所に足を踏み入れてしまったのではとおののきつつ、頷くより他に選択肢はなかった。

「ほら、ヒメ。謝って」

「申し訳ありませんでした」

なぜ私が謝らせた側のようになっているのか。やらせたのは帝人さんなのに、これでは私も悪事に加担しているのと同じことではないか。

「買ってきたそのスイーツ、一人で全部食べたら許してあげる。それでいいわよね？　福田さん」

ああ、なんてずるい人なのかしら。周りだって、どうして誰も咎めないの？　いい歳した大人が寄ってたかって、小学生でもやらないようないじめをして楽しんでいるなんて。

「ええ、私はかまいません」

グッと拳を握り、内心怒りをこらえながらそう答えた。今、ここで抵抗することは簡単だけれど、それでは根本的な解決には繋がらない。

「今すぐに、この場できちんと食べてちょうだいね？　途中で帰ったりしたらどうなるか、分からないわけじゃないでしょう？」

「……分かりました」

「可哀想に、また太っちゃうわね！」

甲高い笑い声は、まるで波紋のように広がっていく。本当は合わせたくなかったけれど、私も無難な笑みを浮かべながら誤魔化すより他はなかった。

「じゃあ、行きましょ」

　帝人さんの鶴の一声で、皆が一斉に立ち上がる。それぞれが冷笑を浮かべながら、紙袋の中身を取り出し食べ始めた姫宮さんの横を通り抜けていった。最後に部屋を出る時、チラリと後ろを振り返る。高級店のロゴの入った包みを破り、ただ黙々と口へ運んでいる姫宮さんの姿に、ふつふつと憐情が湧く。

「……可哀想に」

　ポツリと呟いた瞬間、眼鏡の奥の淀んだ瞳がまっすぐ私に向けられた。けれどそれもほんの一瞬で、またすぐに長い前髪の奥へと消える。後ろ髪を引かれつつも、帝人さんの手前行動を起こすことができないまま、姫宮さんを一人残してゆっくり扉を閉めた。


　ヌン活会が終わり自室に戻った瞬間、私はぐったりとソファに腰かける。まったく気骨の折れる空間だったと、長いため息を吐いた。

　ＳＮＳのフォロワー数が八十万人を超える人気インフルエンサー、帝人綾女。美貌も地位も素晴らしい生活も、何もかも手にしている彼女は、どうやら心だけは満たされていないらしい。だからこそあんな風に弱者をおとしめ、晒し者にして楽しんでいるのだろう。タワーマンションの最上階に住んでいるからと、低層階の私を思いきり見下していたくせに、自分のほうがよほど惨めではないか。

「あーあ。憧れて損したなぁ」

あんなことを繰り返していたら、いつか足をすくわれる時が来る。気をつけたほうがいいと、教えてあげたほうが親切だろうか。いや、彼女は私の助言などきっと聞き入れない。

「それにしてもあの人……。姫宮麗子さん、だっけ」

人を外見で判断するつもりはないけれど、このマンションには明らかにそぐわない雰囲気だった。彼女は一人遅れて共有スペースへ入ることができていたから、入居者であることは間違いない。

「それにしても、ヒメ……って。ふふっ……」

どう考えても合わないあだ名をつけられて、本当に可哀想だ。帝人さんに騙されて買っていたあの大量のお菓子を、本当に全て一人で食べる気なのだろうか。

ああいったことは初めてではないのだろうといった振る舞いで、姫宮さん自身も抵抗していなかった。明らかに畏懼している様子で、逆らえばさらに嫌がらせがエスカレートするのだと容易に想像がつく。

弱者には手を差し伸べるべきであって、ストレスの捌け口に使うなんて許されることではない。

一旦気分を変えようと、私はポケットからスマートフォンを取り出しトトッと数度画面をタップする。動画投稿サイトの、お気に入り一覧。そこには、私が一番よく再生している一人の女性のチャンネルが表示されていた。

ピアニスト・響ナナ。どうやらプロというわけではないらしいけれど、高みを目指して切磋琢磨している動画配信者だ。

幼い頃は、私も姉と一緒にピアノを習っていた。もちろんたいした才能なんてなくて、中学に入る前にやめてしまったけれど。少し経験があるということで、私はピアニストの動画に興味を持つことが多い。

響ナナという配信者は、見た目の華やかさもなければ、秀でたテクニックもないし、なんなら動画編集の腕も酷い。チャンネル登録者数も千人未満で、収益化すらできていないはずだ。

それでも私は、彼女のピアノが好きだった。ミスタッチも多く、魅せる弾き方よりも自己満足のほうが強いけれど、根気よく応援を続けている。新着動画が上がる度に必ずコメントしているし、高評価のボタンも必ず押している。彼女も、ハンドルネームであっても私を認識しているだろう。

「私だけはあなたの味方だからね」

頑張り屋な彼女が報われないなんて、とても可哀想だ。一人でもファンがいるという事実が、きっと彼女の力になっているはずだと信じている。

「……そうだよね。姫宮さんだって、一人は辛いに決まってる」

先ほどの光景を思い出すと、つい眉間にシワが寄る。憧れていた場所はただの不快ないじめの巣窟で、今しがたやっと出てきたというのに、また足を運ぶのは気が進まない。けれど、こうしている今も彼女は泣いているかもしれない。そう思うといてもたってもいられなくなり、私は再びパーティールームへと戻る決意を固めたのだった。

ヌン活会終了から約二時間。姫宮さんはもう帰ってしまっただろうかと思いながら、そっと扉を開ける。すると、すぐに彼女の丸まった背中が視界に飛び込んできた。私の予想通り、いまだに一人で残っていたようだ。

「あの……」

遠慮がちに声をかけると、あからさまにビクッと反応される。まさか、自分以外の誰かがいるとは思わなかったのだろう。扉の開く音にすら気づかないほど、彼女は夢中だったのだ。

帝人さんに言われた通り、大量のスイーツをただひたすら口に運ぶことに。

「大丈夫ですか？　姫宮さん」

驚かせないようそっと近づいたつもりでも、彼女は私の一挙手一投足にいちいちビクビクと怯えている。口元にはクリームや食べカスがこびりついていて、テーブルにはゴミが散乱していた。

「……」

その光景を見て、私は唖然と立ち尽くす。そして、心の底から思った。

——ああ。なんて可哀想な人なのだろう。

きっと私一人。

と。この人を救ってあげられるのは、数え切れないほどいるこのマンションの住人の中でも、

味方になってあげなくちゃ、手を差し伸べてあげなくちゃ。昔からずっとそうやって生きてきた私は、帝人さん達とは違うのだから。

「ご、ご、ごめんなさい」

なにを勘違いしたのか、姫宮さんは両手で顔を隠しながら必死に私から距離をとろうとする。もしや、帝人さんに言われて偵察に来たとでも思っているのだろうか。

「違いますよ、私はあなた敵ではありません」

これまで酷い目に遭ってきたから、他人を信用できなくなっているに違いない。私が、固く閉ざされた彼女の心を解いてあげなくては。

テーブルの上に手を伸ばして、散らばったゴミを片付け始める。ニコッと笑みを浮かべながら、彼女の曇った眼鏡の奥の瞳をジッと見つめた。

「今日初めて参加したのですが、本当に驚きました。まさかあの帝人さんが、こんなことをして

楽しんでいるなんて」

「あ、あ……」

「私、ここに越してきたばかりなんです。福田優里といいます。どうぞよろしくお願いしますね、姫宮さん」

握手を求めるように右手を差し出すと、彼女はうつむいた。間近に見ると、長い黒髪は少しベタついているように見える。

「す、すみません」

「どうして謝るんですか？」

「私なんかと握手……。絶対に無理です」

彼女は、今までこんな扱いばかり受けてきたのだろう。それを思うと、胸が締めつけられる。

「私は彼女達のように、あなたをいじめて楽しもうなんて思いません。姫宮さんのことが気になったから、戻ってきたんです」

私の言葉を聞いて、彼女のふっくらとした頬が僅かに反応した。そのまま、顔を覗き込んで訴えかける。

「あなたの味方になりたいんです」

「私の、味方……？」

コクリと頷き、もう一度手を差し出す。姫宮さんは戸惑っているようだったけれど、やがてゆっくりと指を動かした。

そのまま握手をしようとすると、途端に彼女の掌(てのひら)はギュッと固く握られる。この反応も、これまでの辛い経験がそうさせるのだろう。それだけ、心の闇は深いということだ。

「……ふふっ」

緩んだ頬を隠すため、口元を両手で覆った。これから慈悲の心で根気よく接していけば、きっと良き友人として信頼関係を構築していけると確信する。

「必要ありません」

姫宮さんは私から視線を背けると、再びスイーツを口に運び始める。あれだけ大量にあったものの大半は、どうやら彼女の胃袋に収まったらしい。私にはとても出来ない芸当だと、素直に感心した。

「一人で辛かったですよね」

「別に、そう感じたことはありません」

「無理しなくていいですよ、私も手伝います。お腹は空いていないので、余っているぶんは家に持って帰りますね。もちろん、代金は支払いますから」

彼女の唇に、また新たなクリームがへばりついている。私はバッグからポケットティッシュを取り出すと、そのまま彼女に渡した。

「どうして、私にかまうんですか」

初めて、姫宮さんのほうから話しかけてくれた。それを嬉しく感じながら、私は朗らかに笑う。

「昔から、こういう性分なんです。困っている人を放っておけなくて。お節介だってことは分かっているんですけど、身体が勝手に動いちゃって」

「……はぁ」

「さっきは、帝人さんに罪をなすりつけられて私も嫌な思いをしました。姫宮さんに謝罪してほしいなんて、これっぽっちも思っていなかったのに」

本当に、幼稚な人達だ。有名なインフルエンサーだかなんだか知らないけれど、こんなことをしている時点で程度が知れる。

「これからは、我慢しないでください。私が側にいますから」

「あなたが、私の側に……」

「無理して食べる必要なんてないですよ」

姫宮さんの手からパッとカップケーキを取り上げて、私は立ち上がる。他のスイーツも適当に紙袋に入れて、財布から五千円札を取り出した。

「はい、これ。足りなかったら言ってください」

「いや、でも」

「大丈夫だから、気にしないで」

彼女は戸惑いながらも、そっとお札に指を這わせる。それを見て、私も頷いた。

「良かったら、連絡先を交換しませんか？　何かあればメールでも電話でも、いつでもしてもらってかまいませんから」

「私は……」

姫宮さんは、いまだに煮えきらない態度で俯いている。それでも、こちらからスマートフォンを差し出すと彼女もそれに応えてくれた。

「ありがとうございます。あ、私のことは優里と呼んでください。私も、麗子さんとお呼びしてもいいですか？」

「不釣り合いな名前だから、好きではなくて」

ボソボソと呟く姫宮さんの肩を、優しく叩いた。

「そんなことない。凄く素敵だと私は思いますよ」

麗しい子と書いて『麗子』だなんて、確かに誰でも荷が重いと感じるだろう。帝人さんのような人なら別なのかもしれないけれど。

「皆さん酷いですよね。わざと『ヒメ』なんてあだ名をつけて。可哀想だと思わないのかしら」

「そう、ですね。確かに、酷いあだ名です」

確か中学校の時も、似合わないあだ名を無理につけられている女子がクラスにいた。私だけが、最後までその子の味方だった。

「これから、よろしくお願いします。麗子さん」

もう一度握手をしようとしたけれど、彼女はずっと手を後ろに隠している。強要するのは良くないと、強くは求めなかった。

「ええ、こちらこそ」

その代わり、姫宮さんは顔を上げる。思いきり鼻元にシワを寄せた、独特の笑みを浮かべていた。

第二章『不憫（ふびん）』

姫宮麗子さんと連絡先を交換した翌週のこと。休日、私は実家へと足を運んでいた。

「優里、お帰り」

一番に出迎えてくれたのは、年子の姉である聡美（サトミ）。彼女は約十年前に交通事故の影響で半身不随になり、以降車椅子での生活を余儀なくされている。右手と右脚の感覚がほとんどなく、今も両親に介助される形での実家暮らし。

もちろん私も、できる限りのサポートはしているつもりだ。大切な家族なのだから、それは当然のこと。

ピアニスト志望だった姉は、海外の音楽大学へ進学が決まっていた。けれど事故に遭（あ）い、夢は消えた。なんて可哀想な人だと、その境遇を思うたびに沈痛してしまう。

完璧だと称賛され続けてきた彼女はいつも自信に満ち溢れ、世界は自分を中心に回っているかのような態度で、私よりもずっと華（はな）のある美人だった。私を見下す瞳は、そういえばあの帝人綾女とよく似ていた。

「お姉ちゃん、元気だった？　調子はどう？」

今では、昔の面影はすっかり鳴りを潜めてしまった。家族や妹の私に完全に頼りきりになり、私がこうして顔を見せるととても喜ぶ。

「うん、いつも通り。優里はどう？　高級マンションでの生活には慣れた？」

「うーん。確かに素敵なんだけど、思っていたのとは少し違ったかもしれない」

「へえ、そうなんだ。でもいいなぁ、羨（うらや）ましい」

　他愛ない会話を交わしながら、私は彼女の車椅子を押し、リビングへと向かう。

　テーブルの上にいつもの如くいくつもの紙袋を置くと、姉はキラキラと瞳を輝かせた。

「春の新作コスメ、たくさん買ってきたよ。それから可愛いワンピースも」

「嬉しい！　ありがとう、優里」

「大好きなお姉ちゃんのためなら、なんでもするよ」

　外出が困難な姉のために、私はこうして流行りのものを買っては届けている。コスメや洋服、小物やスイーツに至るまで、彼女がテレビや雑誌から得た知識で私にねだってくるものは、できる限りリクエストに応えてあげた。きっと、いまだに麻痺（まひ）の残っている顔も気になっているのだろうと思いながら。

「いつもありがとうね、優里」

「お母さん」

　キッチンの奥から顔を出したのは、私達の母親。見る度に顔や首回りのしわが増え、グレイカラーも追いつかないほどに髪が白髪で覆われていた。

姉の介助は、精神的にも肉体的にも辛いものがある。まさか、される側ではなくする側になるとは想像もしていなかったと、姉のいない所でよく私に溢していた。

プライドの高さは以前と変わらないままで、気に入らないことがあればすぐに癇癪を起こし暴れる姉の存在を、両親も持て余していた。

「結婚してもこうして気にかけてくれて、あなたは本当に優しい子だわ」

姉が事故に遭うまで、母は父同様教師として働いていた。それ故に私達にも厳しく、躾と称して手を上げられたことも一度や二度ではない。

それが今やすっかり丸くなり、姉と比べて不出来だといっていた私に頼りきり。自分達がいつ死んでも優里がいるから安心だと、顔を出す度に縋りついてくる。正直重荷に感じることもあるし、都合の良い親だと思わなくもない。けれど私は、困っている人を放っておけない性分なのだ。可哀想だと同情し、手を差し伸べずにはいられない。

我ながら損な性格をしていると思いながら、これが私だから仕方ないとも感じている。『優里』という名前の通り、誰にでも分け隔てなく優しい自分でありたい。たとえそれが、過去に何かあった相手だとしても。

――私はずっと、姉の陰に隠れながら生きていた。一つ歳が上の聡美は、周囲から愛される人間だった。プライドが高く奔放で、それでいてグイグイと惹きつける魅力を持っている。いつも自信に満ち溢れていて、その態度を裏づけるようになんでも人並み以上にそつなくこなした。

「お母さん。私、学校の発表会で、伴奏を任されることになったんだよ！　一年生で伴奏をする子は初めてなんだって！」

　それは、小学校一年生の頃だった。先にピアノを習い始めたのは私のほうだったのに、気まぐれで真似をした姉は簡単に私を追い抜いた。

「その日は無理よ。聡美のコンクールと重なってるから」

「またお姉ちゃん？　お母さんはいつもそうじゃない！　私より、お姉ちゃんを優先してばっかり！」

「仕方ないでしょう？　全国大会へ繋がる大切なコンクールなんだから。あの子には特別な才能があるのよ」

　だから、たかだか学校の発表会などどうでもいいと、そう言いたいのがひしひしと伝わった。

「優里は優しくて良い子だから、分かってくれるわよね？」

　そう、私はいつだって『優しくて良い子』だった。自分自身も、必死にそれに縋っていた。だって、私から『優しい』をとったら何も残らないような気がしたから。

「……うん。もう、ワガママ言わないよ」

　発表会の案内を、後ろ手でグシャグシャに丸めた。母はそれに気づかず、満足げな顔で私の頭を撫でた。

　こんな出来事は日常茶飯事で、いつしか私は自ら積極的に姉のサポートに回るようになっていた。たった一つしか年が離れていないと、まるで双子のような扱いを受ける。周囲は姉と私を比べ、いつも彼女のほうを称賛していた。

　いや、そんなことはないか。私だって、聡美にはないものがある。それが『優しさ』であり、他者への『思いやり』なのだ。女王である姉には決して贈られない言葉。私だけの、特権。

　ピアニストとしての才能を開花させた姉は、どんどん私の先をいく。トロフィーや賞状が一つ増えるたびに自信をつけ綺麗になっていく彼女を見て、私は称賛の拍手を送った。

「ねぇ優里。私がお姉ちゃんなんて、自慢でしょ」

「うん、そうだね」

　尊大な言葉も傲慢（ごうまん）な態度も、笑って頷（うなず）く。だって私は、優しいから。

「ああ、もう！　優里の顔見るとイライラするったら！　あっちへ行ってよ！」

「うん、分かった」

　上手くいかない苛立（いらだ）ちをぶつけられても、反発することもない。それが、私の良いところ。姉の成功を素直に喜び、欠点すらも広い心で受け止めてあげられる。

　彼女の影の中を歩かされているのではなく、自ら望んで私はそこにいる。ただ、輝けるフィールドが違うだけの話なのだ。不満などない、私はこれからも笑顔で姉を応援してあげたいと。

けれど、そんな姉は交通事故によりピアニストの夢を絶たれた。アメリカの音楽大学への進学を十日後に控えた、夜のことだった。神経へのダメージが大きく、右半身の手脚がほとんど動かない状態。顔面にも麻痺が残った。

両親は嘆き悲しみ、聡美本人は絶望した。そんな中で私だけが、彼女の未来を決して諦めなかった。死にたいと喚く姉に根気強く寄り添い、八つ当たりをされても見捨てなかった。リハビリなど意味がないと嫌がる彼女を説得し、自分の時間のほとんどを費やして病院に通い詰めた。

夜になるとベッドの横で、聡美の手を握りながら優しく呟く。

「命があって良かった。お姉ちゃんが生きてこの世界にいてくれるのなら、他にはなにも望まない」と。

その甲斐もあって、姉は少しだけ日常を取り戻していった。けれど、いくら説得してもそれ以上は本人が聞く耳を持たないのだから、どうすることもできない。プライドが先行して周囲の善意も突き放した結果、残ったのはペラペラの抜け殻だった。見捨てなかったのは、私達家族だけ。

「もっともっと、聡美にリハビリをさせないと……！」

本人の気持ちも考えず、母は焦燥にかられた表情で繰り返す。私は首を横に振り、それはダメだと訴えた。

「無理をさせたら、今度こそ心が壊れちゃう」

「だけどあの子は、夢をあきらめたのよ！　せめて、あともう少し指が使えるようになれば……っ」

「いいんだよ、このままで」

そっと母の肩に手を置き、諭すような口調で言葉を紡ぐ。この人は、姉のために言っているのではない。これから先得られるはずだった名声や称賛を失うことが怖いのは、他の誰でもなく母自身なのだ。

「お姉ちゃんは助かった。それだけで充分でしょう？」

「それは、そうだけど……」

「それとも、ピアノが出来ないお姉ちゃんなんてもういらなくなったの？　そんなはずないよね？　お母さんだって、本当は優しい人だもん。私みたいに、ありのままのお姉ちゃんを受け入れてあげられるよね？」

かたかたと震えている母の肩を、私はしっかりと抱き締めた。心労からすっかり痩せこけ、ゴツゴツとして骨ばっている。なんて可哀想な人なのだろうと思うと、私まで体が震えてしまう。せっかく優秀な娘のおかげで、悦に浸れていたというのに。

「大丈夫。私が、この家族を支えるよ。お姉ちゃんの面倒も見るし、金銭面だって援助する。いつかは結婚して、孫の顔も見せられるように頑張るから」

「優里……。あなたはどうしてそんなに、優しい子なの……」

「当たり前でしょう？　だって私達は、かけがえのない家族なんだから」

こうして私は、両親の説得に成功した。姉には決して無理をさせず、リハビリも無理のない最低限のものに留めた。もちろん強要なんてしない、姉自身がそれを選んだ。

「……ふふっ」

自然と笑顔が溢れるのは、嬉しいから。煌びやかな世界を失った可哀想な母と姉、そして傍観者の父。それらを一つにまとめたのは他でもない、私の『優しさ』だったのだ。


障がいがあっても、それをバネに輝く人生を送っている人は、この世の中にきっとたくさんいる。姉がそうではないことが、私は可哀想でならなかった。

あの事故から約十年。変わらず私に依存し続け、自ら行動を起こそうとはしない。私が誠一さんと結婚した時もかなり不安定になったけれど、それについてもしっかりと彼女の心をケアした。厳しかった両親もだいぶ丸くなり、特に母は私にだけ本音を打ち明けるようになった。それは主に、姉の愚痴。

昔は自慢ばかりだったのにと考えると、なんだか不思議な感覚だけれど、母もストレスが溜まるのだろう。私が、ちゃんと受け止めてあげなければ。

「そういえば、ウチのマンションの最上階に人気インフルエンサーが住んでるんだよ。帝人綾女さんって言うんだけど、お姉ちゃん知ってる？」

私が持ってきた老舗パティスリーのチーズケーキをコーヒーと共にいただきながら、三人で会話に花を咲かせる。

「知ってるよ！　私ＳＮＳフォローしてるし、写真も動画もめちゃくちゃ見てるし！」

帝人さんの名前を出した瞬間、姉の瞳が光り輝く。

「聡美ってば、いつも携帯ばかり見てるのよ」

「仕方ないじゃん、それしか趣味ないんだから」

軽く言い合いになる二人をいさめながら、この間、縁があって彼女主催のヌン活会にお呼ばれしたことを話す。

「凄いじゃん、優里」

「だけど、楽しいだけじゃなかったよ」

「贅沢だって！　帝人綾女のＳＮＳちゃんと見た？　旦那もイケメンで金持ちで芸能人とも交流あって、正に女王様って感じの自撮りも美人だから映えてるしさ」

確かに帝人さんは、とても美人だ。ネット上の写真は加工を施しているのだろうけれど、ともすれば実物のほうが綺麗なのではと思うほど。

それでも、あんなことをしている時点でその利点は全て帳消しになる。いくら外見が美しくても中身がアレでは、憧れるどころか同情心さえ湧いてくる。

「今度ウチにおいでよ。運が良ければ帝人さんにも会えるかもしれないし」

「本当⁉　優里ってば最高だよ！」

　車椅子から身を乗り出しそうな勢いで喜ぶ姉を見て、母も微笑みながら頷いている。普段外に出たがらないから、彼女がこうして前向きになっているのが嬉しいのだろう。

「優しい妹を持って、あなたは幸せね」

　姉に言い聞かせるようなその言葉に、私は小さく首を振る。それは私のほうだと言いながら、三人で笑い合った。


　実家から戻り、夕飯を用意して誠一さんの帰りを待つ。今日は唐揚げだと告げると、彼は嬉しそうに頬を緩めた。

「お母さんもお姉ちゃんも、元気そうだったよ」

「お姉さん、リハビリには通ってるの？」

「あんまり積極的じゃないみたい。もう十年経つし、どうにもならないと思ってるんじゃないかな。私はそろそろ、本格的にやってみたらいいのにって勧めてるんだけど」

　すりおろしニンニクをたっぷり揉み込んだ、特製の鶏唐揚げ。副菜はセロリのピクルスと、アスパラガスのグリル、それからアボカドのグラタン。

　これらの食材はどれも、精力をつける食べ物として知られている。最近めっきり減ってしまった夜の生活を、私が求めていることに彼は気がついてくれるだろうか。

面と向かって「セックスがしたい」と言えない気持ちを、男性のほうからきちんと汲み取ってほしいのだ。

「両親は昔から、私の言うことよりお姉ちゃんを優先してばかりだったから。でも、いいの。大切な家族だし、これからも根気強く話してみるわ」

「優里は優しいな」

たとえついでのような言い方だったとしても、素直に嬉しい。ニコッとはにかむと、誠一さんも同じように笑顔を返してくれた。

「実家へ行くのは構わないんだけど、いつ孫の顔が見られるんだって催促されるのだけは、困るのよね」

彼の希望で、子作りはまだ先にしようということになっている。結婚してもう二年。さり気なく話を持ちかけてみても、まだ新婚気分を失いたくないと言われるとそれ以上の追い討ちはかけられない。だったらなぜ愛情表現として抱いてくれないのかと、喉まで出かかる言葉を飲み込むのにも、最近限界が近づいていた。

急かしたいわけではない。子ども云々の話題は建前で、本当はスキンシップを図りたいだけ。誠一さんが、時折ネットのアダルト動画を見ながら自慰行為をしていることに、私は気づいている。性欲が完全に消え失せているわけではないという、何よりの証拠。

「まぁ、お母さん達の気持ちは分かるよ。そのうち、ちゃんと孫を抱かせてやらないとな」

「私は焦ってないの。こうして、誠一さんを独り占め出来る時間は、凄く幸せだから」

「嬉しいな。俺もそう思ってるよ」

再び、彼の視線はテレビに向けられていた。なんだかよく分からないバラエティ番組に出ている、胸元の開いている服を着た若い女性タレントが、こちらに向かって微笑んでいる。

「この子、最近よく見るけど可愛いね」

「そう？　俺は好きじゃないな」

だったら見なきゃいいのにと思いながら、口にも態度にも出さない。

「帝人さんみたいに、セクシーな美人がいいよ」

「ああ、うん。確かに綺麗ね」

「なかなか見かけないんだよなぁ」

彼にとってはほんの軽口でも、私は傷ついている。夫婦なのに、なぜそのことに気づいてくれないのだろう。

「なぁ、優里」

「うん、なに？」

「この唐揚げ、ちょっとベタついてる」

またた。またこの人は、私の気も知らずに作ったものに文句をつける。こんなことは日常茶飯事で、その度に心がモヤモヤとした霞（かすみ）のような何かに覆われていく。

それでも相手を責めることはせず、空気を壊さないよう「ごめんね」と微笑んだ。

その後結局、なにもせず呑気(のんき)に寝てしまった誠一さんを見つめながら、私の頭の中に浮かぶのは姫宮さんの姿だった。口元をベタベタにしながら、ふくふくした手でスイーツを掴(つか)んでひたすら口に運んでいた、あの光景。

「……ふふっ」

夫と少しすれ違ったくらいで、悲しんでいてはダメだと自身に言い聞かせる。あんなに可哀想な人だって必死に生きているのだから、私の悩みなんてちっぽけなものだと。

「明日、連絡してみよう」

姉を救ったように、姫宮さんのことも助けてあげたい。あんな見栄ばかりを気にする人達から、私が彼女を救い出してみせる。

なんの悩みもないような顔をして寝息を立てている誠一さんに背を向けて、私もベッドに横になった。

私の住む階よりも二つ下の二階、そこに姫宮さんは住んでいる。どうやら高齢のご両親と一緒に暮らしているようで、だからこそいじめを受けていると誰にも言えずに苦しんでいるのだ

ろうと、彼女の心情を察した。

部屋を訪ねると、姫宮さんの母親が快く私を迎えてくれた。彼女は相変わらず長い前髪と黒縁の眼鏡で目元を隠し、サイズの合っていない服を着ている。

私も今日は以前と違い普段着だけれど、さすがに人に見られても恥ずかしくない程度には整えていた。

「お母さん、とっても優しそうね」

距離を縮めるため、私は敬語を使うことを止めた。姫宮さんは三十三歳だと言っていたけれど、正直もっと歳上だと予想していたから驚いた。

「ええ。私が部屋に引き篭(こ)もっていても、何も言いません」

「麗子さん、お仕事はされていないの？」

「一応イラストレーターとして活動しているけどたいした稼ぎではないので、両親の世話にならないと生活していけません」

彼女の言葉に頷(うなず)きながら、視線だけでくるりと部屋を見回す。アニメのキャラクターグッズが所狭しと置かれ、しかもそれは見た目の良い男性同士が絡み合っているような類のイラストばかり。

いわゆる、ボーイズラブというジャンルなのだろう。なるほど、イラストレーターとはそういうことかと一人納得する。

「……ふふっ」

緩む頬を手で隠しながら、私は視線を姫宮さん本人に戻した。

「そういえば、帝人さん達にはどうして目をつけられることになったの？」

「以前、たまたま彼女にぶつかってしまったんです」

「えっ、たったそれだけ？」

コクリと頷く彼女の姿に、私は目を丸くした。半年ほど前から、あんな風に晒し者にされているらしい。

「帝人さん、なんでも持ってる人なのに心は貧しいのね」

「だけど、あの人は確かに私とは違います。あれだけ綺麗な人からすると、私みたいな不細工は存在自体が許せないんでしょう。女王様には、誰も逆らえません」

「そんな……そんな言い方しちゃダメよ！」

身を乗り出し、姫宮さんの顔を覗き込む。

「見た目がどうであろうと、人をいじめるなんて絶対ダメ！　帝人さんが間違っているんだから、もっと堂々としていなきゃ！」

「……そう、ですね」

彼女が、ゆっくりと口角を上げる。必要以上に鼻にシワの寄る独特の笑い方は、何度見ても慣れない。

あのヌン活会の日からこうして会うのは三度目だけれど、姫宮さんの印象は初対面からほぼ変わらない。それでも、少しずつ心を許してくれているような雰囲気も感じられるから、私の行動は無駄ではないのだと信じている。

「グループチャットにメッセージが来ていたけど、次の集まりも参加するの？」

「行かないと、家まで迎えに来ると言われるので」

「陰湿ね」

帝人さんが私を仲間に入れてくれたのも、きっと口封じのようなもの。精神科に通っているという事実を、彼女は他人に知られたくないのだ。

いざという時、これは自分の身を守る大切なカードとなる。使い所を誤らないよう、慎重に扱わなければならない。

「私も誘われてるから、大丈夫。一緒に頑張って乗り切ろう！」

「ありがとうございます」

私にとっても、あの空間はあまり居心地の良いものではなかった。私達は、互いに心強い存在を得ることが出来た。

ニコッと笑うと、彼女も頷いてくれる。動作に合わせて揺れる黒い髪は、今日もパサパサに傷んで見えた。

帝人綾女主催で行われる、マンション住民の交流会。メンバーは彼女の独断と偏見で選ばれている、見た目も綺麗で経済力も豊かな女性ばかり。私が呼ばれている理由は他の人達とは違うから、時折偏見の目を向けられていることにも気づいている。

けれど、もっと悲惨なのは私よりも姫宮さんのほうなのだから、多少の出来事で傷ついていてはダメだと自身に言い聞かせる。これからは、私が彼女の味方として側にいてあげなければならないのだ。

「わぁ、綾女さんのビーフシチュー、本当に凄いわ！」

「レストランで出されても違和感ないくらいのクオリティだわ！」

「料理まで完璧なんて、さすが！」

今日はヌン活会ではなく、持ち寄りのランチ会。このマンションには、住民だけが利用可能なイタリアンレストランが存在するのだけれど、帝人さんはそこを貸し切った。もちろん、普通の人であればこんな使い方は許されないだろう。彼女だからこその特別待遇というわけだ。

帝人さんお手製のビーフシチューは、普段私が作るそれとは別物だった。大きな肉の塊が柔らかく煮込まれ、真っ白なプレートの中心でキラキラと輝きを放っている。深い色合いのデミグラスソースと絡み合い、口に運ぶ前から美味しいと分かるくらいに、特別感が漂っていた。

——本当に、手作りなの？

きっと、そう思っているのは私だけではないはず。前回に引き続き、不自然なほどに帝人さんを褒め称える女性達に辟易しながらも、とりあえず場の雰囲気に合わせた。

この間のヌン活会の様子を写した写真は、彼女のＳＮＳにしっかりとアップされていた。けれどそこに私と姫宮さんの姿だけはなく、馬鹿にされたようでとても腹立たしかった。

彼女があまり他人に知られたくない事実を黙ってあげているのに、この扱いはあんまりだ。結局私を監視しているだけなのだろう。

あのことがなければ、私は絶対に彼女の視界には入らない。傲慢で人を見下す態度は、事故に遭う前の聡美にそっくりだ。

そのうち、誰かの恨みでも買って悲惨な目に遭わなければいいけれどと、人知れず帝人さんの身を案じた。

「福田さんは何を持ってきたの？」

「車エビの生春巻きと、チーズボードのセットです」

「あら、美味しそうね」

この日のために奮発して購入した、黒い大理石のチーズボード。そこに、輸入チーズと生ハムやサラミ、クラッカーやナッツなどを盛りつけ、仕上げにエディブルフラワーを添える。生春巻きと併せて、我ながら他に引けをとらない出来栄えだと感じていた。

とはいえ今回も洋服を新調したし、材料費等も馬鹿にならない。帝人さん達に合わせると出費が痛いと、ひしひしと身に染みていた。

「本当、盛りつけ方も綺麗だし華やか」

「そのボードは大理石？　センス良いわね」

「嬉しいです、ありがとうございます」

他の参加女性も、私の持ち寄りメニューを覗き込んで目を丸くしている。前回は居住階の話題で肩身の狭い思いをしたけれど、今回は上々の滑り出しだと胸を撫で下ろした。

「ふうん。ただ並べただけなのに、ずいぶんとそれらしく見せるのが上手いのね」

私に話題を取られたことが気に入らないという表情で、帝人さんがふんと鼻を鳴らす。その瞬間、場の空気がピシリと凍りついた。

「おっしゃる通りです。あまり自信がなかったので、これが精一杯でした。帝人さんのビーフシチューのように、見た目だけではなく味にもこだわるなんて私にはとてもハードルが高くて」

こうして相手を立てることには、聡美で慣れている。スラスラと褒め言葉を並べ立てると、彼女は満更でもない様子で口角を上げた。周囲も、私の機転に救われたような雰囲気を醸し出している。

ああ、なんて面倒くさい女王様なのだろう。そんな生き方では疲れそうで、哀れだと思う。なんでもかんでも他者と比べて、マウント合戦に勝つことが生き甲斐だなんて。

「さあ、始めましょうか」

　爪の先まで完璧なディテールの帝人さんが「パン！」と手を鳴らす。私達は思い思いの料理を取り分ける……とはいかず、まずは帝人さんのビーフシチューに手を伸ばすより他はなかった。

「そういえば、ヒメは？」

「もうすぐ来るんじゃないかしら」

「相変わらず、行動が遅いのよ。まぁ、私達とは脚の長さからして違うから、大目に見てあげましょう」

　姫宮さんを酷いあだ名で呼び、皆で蔑み笑う。反論したくとも私一人ではどうすることも出来ず、曖昧に笑ってその場を切り抜けた。

　ほどなくして、姫宮さんが顔を出す。シャンデリアがあしらわれたラグジュアリーなレストランの雰囲気は、彼女にはまったく合っていない。今日も相変わらずピチピチのシャツと、中途半端な丈のスカート。場に合わせようという気のない格好だった。

「遅いじゃない、ヒメ。また遅刻よ」

「ご、ごめんなさい。頼まれていた料理がなかなか見つからなくて」

「それ、もう必要ないから。一人で全部食べていいわよ」

　優雅に脚を組み替えながら、帝人さんの唇が弧を描く。それに呼応するように、周囲にも笑い声が広がっていった。

「で、でも代金が……」

「なに、お金の話？　もちろん払うわそのくらい。その辺に私のバッグが置いてあるから、そこから適当に取って？」

「そ、そんな……」

まさか、他人のバッグを漁るなんて出来るはずがない。オロオロ狼狽えている姫宮さんを無視して、帝人さんは再びお喋りに夢中になる。他の女性達もそれに倣い、彼女をいないもののように扱い始めた。

「……ふふっ」

ああ、なんて可哀想な人。もう見ていられないほどに惨めだ。

「福田さん、どうして笑っているの？」

「いいえ、なんでもありません」

小さく首を振り否定すると、私も仕方なく周りに合わせた。


開始から二時間は過ぎただろうか。姫宮さんは隅のほうで、帝人さんに言われた通り自分で買ってきたデリを貪っている。私は傍観者として、周りに話を合わせていた。ここで勇気を出して彼女を救い出したところで、二人まとめていじめられるのは分かりきっている。今はまだ、行動を起こすべきタイミングではないのだ。

私の視線に気づいた姫宮さんが、にたりと笑う。小鼻にシワを寄せ、口元には何かの食べカスが付着していた。思わず視線を逸らしてしまい、妙な罪悪感に襲われた。

そんなタイミングで帝人さんが急に騒ぎ始め、私は思わず肩を震わせる。一体何事かと、周囲の女性達も互いに顔を見合わせていた。

「財布がないわ。誰か、私の財布を見ていない？」

立ち上がってバッグを漁っていた彼女は、不機嫌そうに声を荒げる。周囲は皆首を傾げ、一様に「知らない」と口にした。

「そういえばさっき、ヒメは綾女さんの財布から代金を取ったの？」

「わ、私ですか？　私は何も触っていません」

急に矛先が向けられたことに驚き、姫宮さんはウッと喉を詰まらせる。途端に責めるような視線が彼女に集中した。

「嘘……。まさか財布ごと盗ったの？」

「いくらヒメでも、そこまでする？」

「でも、他に盗む人なんて……」

向かい側に座る女性からほんの一瞬猜疑心（さいぎしん）のある目で見られ、怒りでカッと顔が熱くなる。どうして、私が他人のものなんて盗まなければならないのか。少しでも疑われたことが、堪らなく腹立たしかった。

「ヒメ、バッグの中見せて」

　二十センチヒールを響かせながら、帝人さんが姫宮さんの前に仁王立ちで凄む。彼女は真っ黒のナイロン製のショルダーバッグを、帝人さんに差し出した。

「うわ、入ってる」

　中身を漁り始めて数秒もしないうちに、嫌悪感丸出しの声が上がる。有名海外ブランドの長財布を手にした帝人さんは、丁寧にアイメイクが施された目元を怒りに歪（ゆが）めた。

「代金を取ってもいいとは言ったけど、財布ごとあげるって意味じゃないって分かるでしょ？」

「ち、違います！　私は盗っていません！」

「中身まで卑（いや）しいなんて、救いようがないわね」

　私以外の人達は、愉快そうな表情を浮かべている。誰がどう見ても、姫宮さんは嵌（は）められた。この空気感は、むしろそれを敢えて楽しんでいるようだった。

「酷（ひど）い……」

　こんなこと、悪趣味にもほどがある。

「そうよね？　福田さん。酷（ひど）過ぎると思わない？」

　私の呟（つぶや）きは、帝人さんの耳に届いていたらしい。ナイロンのバッグを乱暴に投げ置いて、彼女はこちらに視線を移した。

「まさかこのマンションに泥棒がいるなんて」

「い、いえあの、私は……」

「福田さんも、ヒメには気をつけてね？」

　これも、完全にわざと。姫宮さんだけでなく、私までうっすら馬鹿にされているのだ。

　こんなに悔しいことはない。女王様なら、相手の尊厳を踏み躙(にじ)っても許されると？　この場所では、彼女の理不尽な行動は全て正当化される。弱者は、ただ閉口して大人しく傅(かしず)くより他に道はない。

「……ふふっ」

　ああ、可哀想。なんて哀れな女王なのかしら。誰も彼も、この異常さになぜ気がつけないのか不思議で堪らない。

　口元を押さえ、私は黙って頷いた。帝人さんを含めこの場にいる私以外の全員が、これを余興として楽しんでいる。本気で姫宮さんを陥れるつもりなどなく、彼女が無実であることなど百も承知で、ただ狼狽(うろた)える様を見て楽しんでいるだけ。

「申し訳ありませんでした」

「声が小さくて聞こえない」

「大変、申し訳ありませんでした……！」

　姫宮さんは抗(あらが)うそぶりも見せず、流れるような動作で床に額を擦(こす)りつけた。帝人さんは腕を組みながら、さも被害者のような顔でため息を吐く。

「仕方ないから、今回は許してあげる。ねぇ皆、それでいいわよね？」

「綾女さん、ちょっと優し過ぎません？」

「私だったら警察に突き出してると思う」

なにやら外野がゴチャゴチャと茶番を続けているけれど、帝人さんはもう充分満足したようだった。

「帝人さんの財布が素敵だったから、魔が差したのかもしれませんね」

「あら、分かる？　これ、数量限定で今は市場に出回ってないの」

私の言葉に、彼女はさらに気分を良くした。これは、早くこの場をおさめるための発言であって、決して姫宮さんを疑っているわけでも、貶めたいわけでもない。

「そろそろお開きにしましょう。ヒメ、残った料理はちゃんと全部食べてね。持ち帰ったりせず、今ここで」

「はい、分かりました」

「ああ、もうやめていいわよ」

そう言われるまでずっと、姫宮さんは土下座を続けていた。ボサボサ頭のまま、再びテーブルの上の料理を貪り始める。

「いやだ、ブタみたい」

誰かの呟きに、クスクスと小さな笑い声が伝染していく。私は最後に部屋を出る直前、姫宮さんに視線を向けた。負けないでほしいという、エールの意味を込めて。

「……」

姫宮さんは顔を上げ、こちらに向かってにたりと笑みを浮かべる。そんな彼女を見て、私の真意はちゃんと届いていたのだと、内心胸を撫で下ろしたのだった。

「帝人さんって、本当に酷い人よね！」

後日、私は自宅に姫宮さんを招いた。彼女は俯き、テーブルの下で何やらモジモジと指を擦り合わせている。

「他の人達も同じよ！　皆、麗子さんが可哀想だとは思わないのかな。私は、あの場所にいてずっと胸が張り裂けそうだったのに」

ドラッグストアで買ったチョコレート菓子をつまみながら、同意を求めるように首を傾げる。

「遠慮せず食べてね！　集まりで出てくるスイーツは、高級過ぎて味がよく分からないもの。麗子さんもそう思うでしょう？」

彼女は頷き、相変わらず長い前髪の隙間からこちらを見つめる。

「本当は今すぐにでも『麗子さんは私の友達だから酷いことしないで』って言いたいんだけど、そんなことしたらますます嫌がらせがエスカレートするかもしれないから、私我慢してるんだ」

「……友達？」

カサカサの唇が、私の言葉を復唱する。姫宮さんの肩を優しく叩きながら、私はニコッと笑いかけた。

「そうよ。私達もう、友達でしょう?」

もしかすると、彼女は今まで友達がいなかったのかもしれない。だったら私が、初めての存在になってあげたい。

「ありがとう、福田さん」

「もう、優里って呼んでくれて構わないのに」

二人でいる間は、楽しく過ごすことができる。帝人さん達の「なんちゃら会」に呼ばれるよりも、ずっと有意義な時間だ。

「あ、新着通知だ」

ピロリンと音を立てたスマートフォンに反応した私は、画面を数度タップして姫宮さんに見えるようテーブルの上に置いた。

「この人知ってる? ピアノ動画をアップしてる『響ナナ』っていうクリエイターなんだけど……って、知らないか。登録者数も全然だし、コメントも少ないし」

彼女の新着動画を見せると、姫宮さんは無表情のままほんの少し画面に顔を寄せた。

「一生懸命頑張って投稿してるのに、認めてもらえないなんて可哀想だよね。だから、私だけはずっと応援してあげてるんだ」

「福田さんは、優しいですね」

「あはは、ありがとう」

照れ臭くなり、小さく笑って誤魔化す。姫宮さんにそう言ってもらえると、これまで彼女に親切にしてきたことが報われたような気がした。

「あ、そうだ。これから二人で、どこかに行かない？　そろそろお昼の時間だし」

こくりと頷く姿を見て、

「ちょうど良かった！　私、この辺りで行ってみたいラーメンのお店があるの。好きでしょう？」

「ラーメン、ですか」

この間のランチ会では、あまり味がしなかった。嫌な緊張感の中で、お上品な料理をお上品な仕草で食べるのは息が詰まる。気兼ねのない相手と自分の好きなものを食べることこそが、どんな高級レストランで過ごすよりも有意義な時間なのだ。

私達は二人、徒歩でラーメン店へとやって来た。ここはグルメサイトの口コミ評価も高い人気店で、サラリーマン風の男性から若い女性まで幅広い層の客がズラリと列をなしていた。

「……」

姫宮さんの風貌は、やはり外でも目立つ。春の暖かな陽に照らされていると、黒髪がベタついているのがよく分かる。

「今日は暑いですね」

「……そうだね」

ふうふうと荒い呼吸で顔中に汗を滲(にじ)ませている彼女と一緒に並ぶのは、なんとなく居心地が悪かった。

数十分待ってカウンター席に案内された私達は、ラーメンを美味しく食べた。その後は少し足を延ばした所にある大型ショッピングモールにて、姫宮さんの洋服選び。

「これなんか、似合うんじゃないかな？」

「わ、私はいいです。普段の服で」

「たまには違うテイストに挑戦するのも、きっと気分転換になると思う」

私が好きなアパレルブランドのワンピースを、彼女に軽く当てがう。やはり、いつもの服装よりこちらのほうがずっと似合っている。

こういったことに慣れていないのか、尻込みをする姫宮さんの背中を私が押してあげる。店員から声をかけられた時には「友人の服を選んであげたくて」と笑いながら答えた。

それぞれ紙袋を抱えながら、私の提案でカフェにて休憩をとる。期間限定のフラペチーノをずっと飲んでみたかったのだと、姫宮さんにもそれを勧めた。

「私は、なんでもいいです。こういう場所に来たことがないので、分かりません」

「一度もないの？　学生の頃、友達と入ったりしなかった？」

注文カウンターで商品を受け取った私達は、端のテーブル席に座る。ストローに軽く口をつけながら、彼女に向かって尋ねた。

「友達なんて、私にいると思いますか？」

　普段あまり反応を示さない姫宮さんにしては、珍しく棘のある言い方。図星をついたのが気に障ったのか、それとも心の傷が疼いたのか。よほど鬱々とした学生時代を過ごしてきたのだろうと思うと、不憫でならなかった。

「すみません、嫌な言い方をして」

「気にしないで。このくらいで怒ったりしないから」

　帝人さんのように自分が頂点でないと気に入らない人間は、きっといつか孤立する日が来る。

私はそうならないよう、常に穏やかな対応を心掛けているのだ。

たとえ腹立たしいことがあっても、こちらが少し我慢をすれば穏便に場がおさまるのならば、
私は喜んでその役を引き受ける。

「……福田さんは」

　姫宮さんは俯いたまま、辛うじて聞き取れる程度の声量で私の名前を呼んだ。

「本当に、私のことを友達だと思っているんですか？」

「えっ？　うん、もちろん」

「もしも、私が帝人さんにいじめられていなくても？」

　一瞬、互いの呼吸がピタリと止まった気がした。なぜそんな質問をするのか、なぜ私はこん

なにも動揺しているのか、いつものように笑って答えるだけでかまわないのに、喉が張りついて声が出せない。

彼女の見透かすような瞳が不快で、私は視線を逸らす。手の中にあるフラペチーノの容器が、微かにペコッと音を立てた。

「それは関係ないよ。どんな形であれ、私は麗子さんと仲良くなったと思う」

「そうですか」

上手く笑えていただろうか。私の一番得意な表情だというのに、自信が持てない。姫宮さんはその答えに満足したのか、あるいはその逆か。特に気分を害した様子には見えず、内心ホッと胸を撫(な)で下ろした。

――もしも、私がいじめられていなくても?

こんな質問は、もう二度としてほしくないと思った。私はただ、可哀想だと思うから手を差し伸べているだけ。その結果として、今こうして姫宮さんと友人関係を築いている。それは、副産物のようなものなのかもしれないけれど、私にとってはれっきとした縁なのだ。

「すみません。気を悪くさせてしまったでしょうか」

姫宮さんにそう言われ、初めて自分が笑顔ではなかったのだと気づく。

「ううん、少し疲れただけ。気にしないで」

もう考えるのはやめようと、私は小さく頭を振った。彼女のフラペチーノはほとんど減っていないと思ったけれど、それは私も同じだと気づいた。

「あ、クッキー買ったんだった。一枚食べる?」

飲み物と一緒に、なんとなく手に取ったクッキーの袋。二枚入りだったそれを、一枚姫宮さんに差し出した。

「いえ、私は……」

「友達とこういう場所に来るの初めてなんでしょう? だったら、一緒に楽しもう」

もう一度差し出すと、彼女はしばらく私の手元を見つめ、その後遠慮がちにクッキーを掴(つか)む。

「ありがとう、ございます」

「どういたしまして」

私もようやく、ニコッと笑うことができたのだった。

今日一日を思う存分に楽しんだ私達は、万が一誰かに見られてはいけないからと、別々に帰ろうということにした。夕飯を作るのが億劫(おっくう)になった私は、普段は滅多に利用しないマンションに併設されている高級スーパーで、惣菜をいくつか購入した。

「おっ、今日はいつもと違う気がする」

「ごめんなさい、ちょっと疲れてお惣菜に頼っちゃった」

仕事から帰宅した誠一さんに謝罪しながら、薄吹きのグラスにビールを注いだ。

「これ美味いな。箸が止まらない」

必ずと言っていいほど一言二言文句を口にする彼が、機嫌よくパクパクと口に運んでいる。惣菜くらいでそんなに喜ばなくても……とモヤモヤした気持ちを押し込んで、お代わりもあるからと笑顔を向けた。

日常とは、ままならないことの積み重ね。大なり小なり、人はさまざまな理不尽をのみ込んで生きている。

私だってドロドロとした感情も持ち合わせているけれど、帝人さん達みたいにそれを他人にぶつけたりはしない。倫理的に、道徳的に、優しさこそが私の指針。

「毎日これでもいいくらいだ」

「……あはは、大げさだよ」

手作りの良さが分からないなんて、可哀想に。私は誠一さんに同情しながら、なんだかよく分からない味の惣菜を黙々と食べ進めたのだった。

第三章『天変（てんぺん）』

春の穏やかな気候は徐々に様相を変え、ジリジリとした暑さが肌を刺す日が増えてきたと感じる頃。私は普段と変わらず、仕事を終え自転車で帰宅していた。

「ああ、もう最悪だ」

何やらぶつぶつと呟（つぶや）きながら地面にしゃがみ込んでいる男性を発見し、私はキキッとブレーキをかける。

「どうかしましたか？　体調が悪いのですか？」

自転車から降りて声をかけると、その人は顔だけで振り向いた。想像よりもずっと若い、サラサラとした茶髪の男の子。彼は困ったように眉を下げ、なぜこんな場所でしゃがみ込んでいるのかを説明した。

「なるほど。スマートフォンのMicroSDカードを落としてしまったと。あれ小さいから、探すの大変ですすね」

「はは、すみません。俺、邪魔でしたか？」

彼はチラリと私の自転車に視線を移すと、小さく頭を下げる。

「良かったら、私も一緒に探すの手伝います」

「いや、それは申し訳ないので」

「特に予定もありませんし、暗くなる前のほうが探しやすいと思いますから」

ニコッと笑うと、彼はさらに申し訳なさそうな顔を見せた。二人で手分けしてMicroSDカードを探すと、三十分もしないうちに無事見つけることができた。

「本当にありがとうございます！　バックアップとってないデータが入っていたので、めちゃくちゃ助かりました！」

「いえいえ、見つかって良かった」

「わざわざ一緒に探してくれるなんて、優しい人ですね。えっと、お名前は……」

これだけ全力で感謝されると、こちらのほうが恐縮してしまう。人懐こい大型犬を思わせる仕草と笑顔で、彼は私に名前を尋ねた。

「福田優里です。本当に、お気遣いなく」

「俺は本間アザミと言います。このままだと俺の気が済まないので、連絡先だけでも教えてもらえませんか？」

その後何度か断ったけれど彼は引かず、ＳＮＳのＩＤを交換するだけなら平気だろうと、私はスマートフォンを取り出した。

「今度ぜひお礼をさせてください！　ありがとうございました、福田さん！」

本間さんはとても嬉しそうに、ブンブンと腕を振る。誰かを助けるのは気持ちがいいと思いながら、軽い足取りで再び自転車に跨った。

　そんなことがあったと後日、自宅に招いた姫宮さんに話す。彼女は特に表情を変えないまま「福田さんらしい」と口にした。

「麗子さん、髪切ったのね」

　一週間振りに会った姫宮さんは、背中の真ん中辺りまで伸びていた黒髪を、肩までバッサリとカットしていた。私の家のリビングで、すっかり涼しげになった彼女の首元を、私はしげしげと眺めていた。

「帝人さんに、梅雨に入る前に切れと言われました。見てるこっちがジメジメして腹が立つそうです」

　彼女は、淡々と告げる。髪型にこだわりもないのか、傷ついた様子は見られなかった。

「そんな酷(ひど)い命令に従う必要なんてないのに」

「帝人さんは、女王様ですから」

「性格が歪(ゆが)んでるんだから、なんの意味もないよ」

　中身を重要視している私にとって、彼女はもはや憧れではなくなった。今はこうして、姫宮さんという友人もできた。居住階や服装で人を判断しない、本当の友人が。

「彼女が完璧だということは、認めざるをえません」

「でも、帝人さんって依存性の強い精神科の薬を常用してるんだよ」

誰にも内緒だよと、私は彼女の秘密を姫宮さんに話した。以前、誠一さんにも同じように教えたことがあるけれど、きっと二人は言いふらしたりしないだろう。

「幸せそうに見えて、本当はいろいろある人なのかも」

「そう、ですか」

呟(つぶや)く姫宮さんの肩を、ポンと叩く。

「麗子さんも、従う必要なんてないんだよ。あなたはそのままで充分、素敵なんだから」

「初めて言われました」

眼鏡の奥の瞳を丸くする彼女に、私は微笑む。

「福田さんは本当に、誰にでも優しいんですね」

「そんな、当たり前のことをしてるだけだよ」

にたりと笑みを浮かべる姫宮さんからさり気なく視線を逸らし、話題を変える。鼻にシワの寄る彼女の独特な笑い方が、私は得意ではなかった。

「そういえばさっき話した男の子、次の日偶然ウチの調剤薬局に患者さんとしてやって来たの。世間は狭いなって驚いたよ」

あの時の彼——本間君は、大学を卒業したばかりの雑誌編集者らしい。取材中にケガをして、ウチの近くの整形外科を受診した。そこで顔を合わせて、互いに驚いたというわけだ。

「福田さんの人柄あってのことだと思います」

「もう、麗子さんってば褒め過ぎよ」

「あなたの優しさに、何度も救われました。この歳にもなっていじめられている私なんかができることは少ないでしょうが、これからは恩返しがしたいです」

ああ、なんて素敵なのだろう。私の優しさが誰かを救い、こうして生きる希望を与えられるなんて。

「……ふふっ」

これだから、やめられない。小さな頃から、ずっとずっと。この先も私は「優しい人」を貫いていくのだ。

「最近、帝人さんからの煩わしいお誘いも減ったし、色々上手くいき過ぎて怖いくらい」

「福田さんの日頃の行いが返ってくるのではないでしょうか？」

「返ってくる？　これからの話なの？」

少し違和感のある言い方に首を傾げたけれど、あの笑い方をされたので、それ以上の言及は避けた。

◇◇◇

六月下旬の調剤薬局は、ピークの冬から花粉の時期を過ぎて、比較的落ち着いている。とはいえ、この辺りにはクリニックビルもいくつかあるため、気を抜くととんでもなく忙しい一日なんかもあったりするけれど。

「おはようございます」

始業十分前。いつものように出勤した私の元に、缶コーヒーを片手に薬剤師の円味さんがやって来た。

「おはよう、福田さん。あなたが退勤した後にお客さんが来て、親切にしてくれたお礼だって渡されたんだけど、心当たりある？」

そう言って、有名洋菓子店の紙袋をブラブラと持ち上げている。

「その方は男性でしたか？」

「うん。一緒に落とし物を探してくれた優しい人だって、凄く褒めてたよ」

「ああ、はい。分かりました」

それだけで、本間君であると断定するだけの充分な材料になった。私は彼女からそれを受け取ると、充足した気分で朝の準備を始めたのだった。

その日は予定外にバタバタして、昼休みもレセプト整理に追われ昼食すらゆっくり摂れなかった。本間君にお礼のメッセージを送ることもすっかり忘れて、気がついたのは夕食が終わってから。

「これ、お菓子？　食べてもいい？」

ダイニングテーブルに置いてあった紙袋の中身を、誠一さんが先に開けた。

「うん、いいよ」

「ラッキー。今日の夕飯、なんか物足りなくて」

内心カチンと来たけれど、今日は言い合いをする気力もなかったので適当に流した。これから片付けや洗濯や風呂掃除と、まだまだしなければならないことは山ほど残っているのだから。

誠一さんだって一日中働いて疲れているし、苦手だという家事を半分担ってほしいとは思わない。けれど、少しくらい労ってくれてもいいのではと思うのは、私が求め過ぎなのだろうか。

「このフィナンシェ美味しいよ？　優里もこっちに来て食べたら？」

「今忙しいから、後で食べるね」

「ふうん？　分かった」

たったそれだけで、彼はすぐに私から視線を逸らす。それが他の男性から貰ったものだとも知らずに幸せそうに頬張っている姿を見ていると、いくらか溜飲(りゅういん)の下がる思いだった。

けれど、その日の深夜。なぜか誠一さんは大変な下痢と腹痛に見舞われた。薬剤師という職に就いていても滅多に体調を崩すことはない人なのに、今回はとても辛そうで私も心配で眠ることが出来ない。

トイレにこもりきりでひたすらに唸(うな)っている彼に、ドアの外側から声をかける。夜間診療や救急車を提案しても断られ、市販の下痢止めを飲んでもあまり効果はみられなかった。

そんな一夜を経た誠一さんは、朝方ようやく症状が落ち着いた様子で、土気色の顔色をしたまま数時間眠った。

「本当に仕事に行くの？　大丈夫なの？」

「ああ、もう平気。あれだけ辛かったのが嘘みたいに、今は調子がいいよ」

そう言って私の作ったお粥を平らげると、弁当の入った通勤カバンを手に玄関へと足を進める。彼につき合って眠れなかった私は、スッキリとした顔の誠一さんを見てつい舌打ちしてしまいそうになるのを、グッと堪えた。

「昨日の夕食にあたったんじゃないかな」

「豚の生姜焼きに？　そんなことってあるの？」

「でも、あれは完全に食あたりだった。君の作ったもの以外に、心当たりなんてない」

まるで私のせいだとでも言いたげな台詞に、思わず眉間にシワが寄る。この人は昨日苦しんだのだから、このくらいは私が耐えてあげなければと自分に言い聞かせて、なんとかケンカにならずに済ませた。

「私もあなたとまったく同じものを食べたけど、なんともなかったわ」

「消費期限切れの食材を、俺だけに使ったとか」

「まさか、そんなことしない」

このやり取りの最中、私はハッとして誠一さんに尋ねる。

「ねぇ。もしかして、あのお菓子が原因なんじゃない？」

「フィナンシェ？　それこそあり得ない。だって既製品だし、あれだけの有名ブランドが厳しい品質チェックを行わないはずはないからな」

そう言われるとその通りかもしれないけれど、私からしてみれば自身の料理を疑われることのほうが心外だった。特に昨日の献立は生姜焼きと酢の物という、偶然にも抗菌作用の高いものばかり。それに、万が一食中毒だったとしたらあんな症状では済まないだろう。

たとえば、抗がん剤治療に使われるような強い薬には副作用があり、誠一さんのように急激な下痢や腹痛を引き起こすことがある。それは服用を止め、体内にある薬効成分を排出することで嘘のようにピタリと治るのだ。ちょうど、昨夜の彼のように。

「でも誠一さんには、常服薬はないし」

となるとやはり、疲れからくる体調不良か。彼の言う通り、販売されている菓子にあたるというのも、可能性はきっと低い。私にも残すと言ったくせに結局一人で全部食べてしまったから、食べ過ぎという線もある。

「食い意地を張るからよ」

いつの間にか閉まっているドアを見つめながら、私はポツリと呟く。気を抜けば緩んでしまう頬をキュッと引き締め、自身も身支度にとりかかったのだった。

その後は誠一さんが同じような症状に見舞われることはなかったのだけれど、それを皮切りに私の周りで少しずつ奇妙な出来事が起こり始めた。

まず、この一件。私へお菓子を贈ったのは本間君ではなかった。彼に謝礼メッセージを送ったら、なんのことか分からないと返された。では一体、誰だったのか。てっきり本間君だと思っていた私はゾッとしたけれど、フィナンシェはもう誠一さんが食べてしまったし、包み紙や紙袋は捨ててしまった。

受け取った本人である円味さんはその男性の顔を覚えていないと言うし、ウチの薬局には監視カメラがないために確認のしようもなかった。

それだけでも充分気味の悪い出来事なのだけれど、他にもいくつか似たようなことが起こった。

私が落としたハンカチがマンションのポストに入っていたり、ベランダに三日続けて鳩の死骸が転がっていたり、職場に非通知での無言電話が何度もかかってきたり。

偶然という言葉で片付けられるような気もするけれど、私からしてみれば気持ち悪くて仕方がない。だって、名前も書いていないありふれたハンカチが、どうして私のものだと分かったのだろう。

鳩の死骸だって、ウチは四階だ。いくら近くに公園があるとはいえ、こんな立て続けにベランダへ迷い込んでくるものなのだろうか。

職場への無言電話も、高齢者の間違い電話や薬の問い合わせをしようとしてやはり病院へ、とすぐに電話を切ってかけ直す人がいたりというのも、ままあることだ。

ただ重なっただけと言われれば、そうかもしれない。私は他人に恨みを買うような行動はしないし、嫌がらせをされる覚えもない。強いていえば帝人さんやその取り巻きの女性達だけれど、あの女王様が果たしてこんなまどろっこしい手段を選ぶのだろうか。

「それは優里の気にし過ぎだ。たまたま嫌なことが続いただけで、人為的なものじゃないよ」

誠一さんは私の気も知らず、適当なことしか言ってくれない。

「福田さんがこんなに辛い思いをしているんですから、きちんと対策をとるべきだと私は思います」

姫宮さんだけが寄り添い、理解を示してくれていた。

「確かになんとかしたいけど、どうしようもないのよね。警察に言ったところで、夫と同じようなことを言われそうだし」

彼女の部屋で、私はふうとため息を吐く。最初のうちは嫌忌していた、ボーイズラブのグッズやイラストだらけのこの部屋にも、今は理解を示している。どんな趣味だろうと仕事だろうと、姫宮さんは友人なのだから。けれどなるべくは、私の部屋に招くようにしようと決めた。

「それにもし悪質な悪戯だったとしても、犯人にまったく心当たりがないの」

「……帝人さん、でしょうか」

リップすら塗っていないようなカサついた唇で、姫宮さんはボソリと呟く。けれどすぐに、自身で首を左右に振った。

「彼女は完璧な女王様ですから、もちろん自分の手は汚さない。命令されたのか独断なのかは分からないけど、帝人さんと仲の良い人達の仕業なのかもしれない……」

珍しく饒舌な姫宮さんを見て、それほど私のことを案じてくれているのだと胸が温かくなる。

「確かに、目星をつけるのならその辺りね」

「私と一緒にいることがバレたんでしょうか」

「どうかな……それもあり得ない話ではなさそう」

標的を彼女から私に変えたのであれば、それはとんでもなく迷惑な話だ。

「私のせいで福田さんが傷つけられるなんて、そんなの嫌です。今まで通り一人でいじめに耐えていたほうが、よっぽどマシです」

「麗子さん……」

その言葉だけで充分、彼女を助けてあげて良かったと思えた。

「私なら大丈夫だから、これからも仲良くしましょう？」

「本当ですか？　私にできることは、なんでもします」

「ありがとう、心強いわ」

今姫宮さんを見捨てることは簡単だけれど、せっかく繋がった縁は切りたくないし、それにあの人達の思い通りにばかり事が運ぶのも癪だ。

とにかく今は様子を見て、何かあればすぐ対応できるよう気を張っておかなければ。

「ボイスレコーダーを持っておくといいかもしれません。確たる証拠は、身を助けてくれますから」

「そうね、近いうちに買ってくる」

こくりと頷くと、彼女も同じように頷きながら穏やかな表情を浮かべた。

それからの何日かは平穏無事に時が過ぎたが、ポストに何か異物を入れられていやしないか、ベランダにまた死骸が置かれていやしないかと、怯えながら過ごしてしまう。キョロキョロと辺りを見回しても、ただの通行人しかいない。それなのに誰も彼もが怪しく見えるような気がして、おちおち買い物をすることもままならない。

妙に背後が気になり始める。上手く言葉に言い表せない、ねっとりとした空気がまとわりついているような気がして仕方がない。

つけられているとかいないとか、実際に尾行されたことなどないのでよく分からない。けれどもしかすると、この感覚がそうなのかもしれないとも思う。

徒歩ではなく自転車だし、単なる気にし過ぎという線も考えられる。むしろ、そちらのほうが濃厚なのだろう。それでもその「ＩＦ」が、私の精神を削るには充分だったのだ。

「ねぇ、誠一さん。前にも相談したけど、やっぱり嫌がらせされてるみたい」

「何かされたのか？」

「誰かに尾行されているような気がするの」

勇気を出して打ち明けたのに、誠一さんは鼻で笑うような表情をしてみせる。それは、想像していた以上に私の心を粉々に砕いた。

「ドラマじゃあるまいし、そんなこと起こらないって。大体、優里は自転車で行動してるだろう？」

「そうだけど……」

「だったら余計に、尾行なんて無理な話だ」

そんなことは、私にだって分かっている。共感してほしいだけなのに、彼は寄り添ってもくれない。

「お菓子の件も、昔君に親切にしてもらった誰かだろう。優里は優しいから、感謝されこそすれ恨まれるようなことはないよ」

「誠一さんだって、あんなに苦しんだのに」

「だから、あれも偶然だって」

そう言ってもらえるのは嬉しいけれど、今私がかけてほしい言葉とは違う。

「とにかく、また何かあったら教えて。あまり気にし過ぎると、精神的に辛いよ」

「……うん、ありがとう」

もう話は終わりだと言わんばかりに、彼は視線を私から外す。最近ハマっているスマホのソーシャルゲーム。四六時中それに夢中なせいで、よりいっそう夜の生活はなくなった。

喉まで出かかった鬱憤をグッとのみ込んで、私は理解ある妻なのだからと自身に言い聞かせた。

家事や入浴を済ませ寝室に行くと、誠一さんは呑気にイビキをかきながら眠っている。思わず眉間にシワを寄せながら、いつもより幾分乱暴な仕草でベッドに入った。

スマートフォンの画面を操作して、動画投稿サイトのお気に入り一覧をタップする。私が応援しているアマチュアピアニスト・響ナナ。相変わらず毎日動画を投稿しているにもかかわらず、登録者数は千人を超えないまま。

「つまらない」や「ミスタッチが目立ち向上しない」、さらには「見た目が無理」などのアンチの酷い意見もちらほらあり、そもそものコメント数が少ないためにそれがよく目立つ。

いつものように彼女を擁護するコメントを作成し、どうか本人に届きますようにと送信アイコンをトンと押した。

「響ナナだって、こんなに人気がなくても頑張ってるんだもんね……」

帝人さんのような華もないのに素顔を配信して、辛辣な意見にも負けずに一生懸命頑張っている。世の中には私よりもずっと辛い人も山ほどいるのだから、こんなことでまいっていられない。

「……ふふっ」

彼女へのアンチコメントを指で軽く叩いて、スマートフォンを枕元へ置く。今日こそは充分な睡眠をとろうと、寸分の隙間もないよう固く目を閉じたのだった。

あれから、職場にかかってくる無言電話はピタリと止んで、薬剤師や事務員の誰もが「おじいちゃんかおばあちゃんが間違えたんだ」と結論づけた。

私もそれに同意しながら、どうかこれ以上なにも起こりませんようにと祈る。食事の量は減り、夜もなかなか寝つけない日々が続いていたけれど、姫宮さん以外、誰も私の変化に気づいてはくれない。

「お疲れ様でした」

「お疲れ様、福田さん」

円味さんが、調剤室のガラス越しに手を振ってくれる。それに応えながら、バッグを抱え足早に駐輪場へと急いだ。

「……」

どうしても、ぬるりとした雰囲気が拭えない。それは常時というわけではなく、こうして一人で外にいる瞬間に抱く違和感。

背後を振り返っても、やはり無関係の通行人しかいない。この場所は決して人気のない暗がりではないし、万が一襲われた場合には必ず誰かが気づくだろう。

　こんな所でなんらかの犯罪をしようとするのは、よっぽど判断力のない人間だ。

「こんにちは」

　その時。ぽん、と肩を叩かれた私は思わず小さな悲鳴を上げその場にしゃがみ込む。命の危機を感じた時、人は咄嗟に何もできなくなるのだと、呼吸すら止まってしまいそうだった。

「うわっ、ごめんなさい。そんなに驚くと思わなくて！」

　同じようにしゃがみ込みこちらを覗き込んだのは、本間君だった。申し訳なさそうな表情で瞳を揺らしながら、まっすぐに私を見つめている。

「ほ、本間君……」

　相手が安全だと認識した瞬間に全身から力が抜け、年甲斐もなくその場にへたり込んだ。自分の意思とは関係なく、ポロポロと涙が零れ落ちる。

　人前で……いや、たとえ一人だったとしても泣くなんていつ以来だろう。ここ最近の私はそれほどまでに追い詰められていたと、改めて気づかされた。

　その後フラフラの私は本間君に支えられながら、近くの小さな公園にあるベンチに座った。彼は目の前の自販機でペットボトルのお茶を買うと、私に差し出した。

「迷惑かけてごめんね、本間君」

「いやいや、そんなこと気にしないでください！」

彼は相変わらず、爽やかな装いだった。終始私を気遣っている雰囲気が伝わり、だんだんと心が凪いでいった。

「隣に座ってもいいですか？」

「うん」

「ありがとうございます」

こんな些細なやり取りにも、思いやりを感じる。誠一さんとの生活の中では、決して得られない感覚だ。

彼とは、以前私が「お菓子をありがとう」とＳＮＳからＤＭを送って以降、たまに他愛ないやり取りが続いていた。その時、良ければ直接メッセージアプリのＩＤを教えてほしいと言われた私は、それを了承した。

「何かあったんですか？　怯え方が普通じゃないなって思って……」

優しい口調。夫から与えてもらえなかったものを、本間君がくれた。それは、再び私の涙腺を緩めるのには充分だった。

「俺でよければ、なんでも話してください。親切にしてくれた福田さんに、恩返しがしたいんです」

「そんな、大袈裟だよ」

「それだけじゃありません。俺は……」

最後まで言葉を紡がず、彼は恥ずかしげに視線を逸らす。なんだか学生時代に戻ったように甘い空気が流れ、こちらまでモジモジとしてしまった。

「す、すみません」

「ううん、平気」

「とにかく俺は、全面的にあなたの味方ですから！」

ニカッと純粋な笑みを向けられた私は、本間君に対し心が解(ほぐ)れていくのを感じた。というよりも、きっともう限界だったのだ。

頼りにならない夫よりも、まっすぐに私の身を案じてくれる男の子に気を許し頼ってしまうのは、悪ではない。やましい気持ちなど、どこにもないのだから。

私は、これまでの出来事を本間君に話した。彼は常に私の立場に立ち、怖かっただとか辛かっただとか、終始共感を示してくれた。

「それで、俺が声をかけた時あんなに怯(おび)えてたんですね。本当に、すみません」

「本間君が謝ることないよ、知らなかったんだから」

「なんにせよ、こんなん許せねぇ。俺がずっと側にいられたら、全力で守るのに」

普段温和な彼が見せる荒々しい表情についドキッとしながら、私は無難に笑顔を繕(つくろ)う。

「これからは、いつでも連絡してくださいい。社交辞令でもなんでもなくて、ただ心配だから」

「ありがとう。そんなこと言ってくれるのは、本間君だけだよ」

私の言葉に、彼の表情が曇る。

「旦那さんは、助けてくれないんですか？」

「あの人は、私に興味ないの。自意識過剰だって、鼻で笑われちゃった」

実際そんな風に言われたわけではないけれど、私はそれほどに傷ついたのだ。

「福田さん……」

本間君の顔つきが、グッと引き締まる。普段は人懐こい彼が一気に男らしい雰囲気に変わったのを見て、心臓の真下がズクンと反応を示した。

「あ……ごめんね。着信みたい」

ポケットの中で、スマートフォンが規則的に震え始める。本間君は恥ずかしそうに視線を逸らしながら、小さく頷いた。

「もしもし、麗子さん？」

相手は姫宮さんで、彼女の声は電話越しでもこもっていて聞き取りづらい。本間君との会話を邪魔されたということもあり、内心少しだけ彼女を腹立たしく思った。

用件も大したものではなく、何か変わったことはないかというただの心配。特にないからとすぐに通話を切り、隣に座る本間君に視線を向けた。

「そろそろ帰りましょうか。俺、家の近くまで送ります」

「もう落ち着いたし、一人で平気」

「俺が心配なので」

そんな風に言われては、断れない。彼が私の自転車を引き、その隣を歩く。ただの世間話を交わすだけでも、とても楽しいひと時だった。

「そういえば、見てください。俺、珍しい所にホクロがあるんですよ。ホラ」

本間君は唐突にそう言って、こちらに向けてベッと舌を出してみせる。男性の口の中を見る機会なんて滅多にないせいで、内心ドキッと心臓が音を立てていた。

「本当、舌の先のほうにホクロがあるね。初めて見た」

「でしょ？　皆から言われるんですよ」

舌を出したままでの喋り方が可愛らしく、思わず笑みが溢れた。

マンション近くのコンビニまで送ってもらった私は、そこで本間君と別れる。何度もこちらを振り返り、ブンブンと両手を振る彼を見ながら、こちらも大きく手を振って応えた。

「……ふふっ」

自然に上がる口角を隠すように、私は俯く。本間君が私を心配してくれる気持ちは、純粋に嬉しかった。

彼と今以上の関係になる可能性はないけれど、この場にいない誠一さんに見せつけてやりたい気分にもなる。私を蔑ろにしていたら、いつか誰かに盗られてしまうよ、と。

「安心して、私はあなたを愛してるから」

どれだけ酷く扱われようとも、大切な夫のためならば耐えられる。献身的に尽くしていれば、いつかきっと彼も分かってくれると信じている。
それまでは私が広い心で、誠一さんを受け止めてあげようと、夕暮れの茜空(あかねぞら)を見つめた。

それはある出勤日のこと。開局から数時間経った頃、一人の中年女性がなんの前触れもなく怒鳴り込んできたのだ。

「福田って事務員はいる!? ひと言文句を言わなきゃ気が済まないんだけど!」

「ふ、福田は私ですが……」

パチリと目が合った瞬間、般若(はんにゃ)のように眉を吊り上げながら、こちらへ向かってくる。それはまるで今朝のデジャヴのようで、思わず悲鳴が漏れそうになった。

「あんた、私が飲んでる薬を他人に漏らしたでしょう! 病気のことを隠してたのに、どうしてくれるの!?」

「は、はぁ……?」

「誤魔化そうったってそうはいかないんだからね!」

こちらの反応はおかまいなしに、辺りに唾を撒き散らしながら一方的に私を罵(ののし)り始める。そんなことをするはずがないのに、いくら違うと言っても聞く耳を持たない。

「こんな非常識な事務員を雇ってる薬局なんて、二度と使わないから」

挙げ句の果てには、そんな捨て台詞と共に嵐の如く去っていった。

その場にいた全員が、何が起こったのか理解できず立ち尽くすのみで、しばらくの後にようやく円味さんが私の元へとやって来た。

「なんだったの、さっきの人」

「さぁ……、まったく心当たりがありません」

「世の中には変な人もいるわね。気にしないほうがいいよ、どうせ勘違いだろうから」

私の肩をポンと叩くと、彼女は笑顔を浮かべる。そう思うのならば、もっと早く助けに来てくれれば良かったのにと、内心モヤモヤと燻(くすぶ)りつつも相槌を打った。

いや、もっとポジティブに考えよう。こうして「相手がおかしい」と思ってもらえるのは、私の普段の勤務態度が良好であるからに他ならない。

夫である誠一さんが私を信じないほうが異常であると、今証明された。他人にさえ分かる簡単なことが、どうして理解できないのだろうと不思議に思う。

「また来たら、その時は助けるから」

「はい、ありがとうございます」

できればもう二度と来ないでほしいと、既にどんな顔だったかすら曖昧な先ほどの中年女性を、ぼんやりと思い浮かべた。

その後は特に問題もなく時間が過ぎ、退勤時間となった。普段の倍もグッタリと疲れてしまい、周囲を警戒する余裕もない。

「福田さん。お疲れ様です」

「あれ？　本間君」

「仕事でこの辺りに用事があって来てたんですけど、そういえば福田さん、そろそろ帰る時間かなと思って」

　スラリとしたスタイルと端正な顔立ちの本間君は、ただそこにいるだけでも目立つ。今時のゆったりとした服装が、彼の雰囲気によく似合っていた。

「よければ、今日も送りますよ」

「えっ、そんな。仕事中なんでしょう？」

「少しなら抜けても平気ですから」

　ああ、今は彼の優しさが身に染みる。普段、誰に見られても恥ずかしくないような行いを心がけている私が、なぜこんな目に遭わなければならないのか。その理不尽さに一人で立ち向かえるほど、強い心は持ち合わせていない。

　人は決して、一人では生きていけない。だからこそ私は、不運な人たちに手を差し伸べ続けてきた。本間君をあの時、助けてあげたからこそ、私は今こうして彼に助けてもらうことができている。

　己の身に降りかかること全ては、自身の行動と一本の線で繋がっているのだ。

「ありがとう、本間君」

「このくらいお安いご用です」

得意げに胸を叩くその姿に、思わず笑みが溢れる。ありがたく彼に甘えさせてもらうことにした私は、昨日と同じように本間君と並んで歩いた。

誠一さんとは違い、彼といると心が和らぐ。肩肘を張らなくていいし、話題も尽きない。世代が違っても、上手く話を合わせてくれるからだろう。

恩着せがましくない絶妙な距離感が、荒んでいた私の心を優しく解してくれた。

後日、私を心配して連絡をくれた姫宮さんをリビングに通し、コーヒーとお茶菓子をローテーブルに並べた。

「本当に辛いですね、福田さん」

「そう言ってくれるのは麗子さんだけよ」

彼女からは自身の部屋に来ないかと誘われたけれど、現在の精神状態であの趣味全開の空間に行くと余計に気が滅入りそうだったので、こちらに招いた。

いつ会っても、インパクトが強い。切りっぱなしのボブはセットも手入れもされていないために、好き勝手にあちこち跳ねていた。

それでも、今の私にとって姫宮さんという存在が支えとなっていることは、紛れもない事実。彼女はいつだって私に寄り添ってくれるし、親身になって話を聞いてくれる。あの時勇気を出して手を差し伸べて良かったと、身に沁みて感じている。

「あの、ちょっとこれを見てほしいんですけど……」

姫宮さんはモゴモゴとした言い方で、自身のスマートフォンの画面をこちらに向けて差し出した。

「これは、何？」

「帝人さんのＳＮＳです。福田さんの話を聞いてから、もしかしたら何か掴めるかもしれないと思って、時々チェックするようにしていたんです」

そういえば帝人さんは、フォロワー数が八十万人もいる有名なインフルエンサーだった。初めて彼女を見た時にはなんて完璧な人なのだろうと思っていたけれど、今となっては憧れの感情は欠片(かけら)もない。

「そしたら、これ……」

画面に映し出されているのは、帝人さんの自撮り写真。画面中央にいる彼女は、相変わらず非の打ち所がないほどに綺麗だった。おそらく加工されているのだろうが、本来の姿でも充分だろうにと首を傾げたくなる。

白くてぷっくりとした姫宮さんの指が指し示しているのは、帝人さんの後ろに映っているあるものだった。

まるで一流ホテルのスイートルームのような背景だけれど、ハッシュタグには自宅とつけられている。

光沢のある黒い大理石のテーブルに置かれているのは、有名洋菓子店の紙袋。それは以前、私宛だといって円味さんが謎の人物から受け取っていたものと同一だったのだ。

「他にもあります」

姫宮さんが次に見せたのは、帝人さんが友人数名とピクニックランチをしている写真。彼女達の集合写真の後ろにウチのマンションが写り込んでいるのは、きっと故意だろう。

「マンション側にあるこの公園には、鳩がたくさんいます」

「いや、だけど……」

「それから、もう一枚」

次に見せられたのは、再び帝人さんの自撮り。「保護犬のドキュメンタリー動画を観て涙が止まらなかった」というコメントと共に、目元をハンカチで拭っている写真。ほとんどメイクは崩れておらず、本当に泣いたのかどうかも疑わしい。けれど特筆すべきはそこではなく、彼女が手にしているハンカチ。

それは、私がなくしていつの間にかポストに投函されていたものと同じだった。特徴的な刺繍が施されているから、間違いない。

日付を確認すると、私の手元に戻ってくるよりも前。わざわざ他人のものを使うとは思えないけれど、裏を返せば私に対する「アピール」ともとれる。

こんな些細(ささい)なことを疑いだすとキリがないけれど、不審な出来事が続いている今、少しでも種をまかれると、それがいつ芽吹いてしまうのかと、疑心暗鬼に陥るのは仕方のないことだ。

「どれもこじつけと言われればそれまでですが、確かなのは『可能性はゼロではない』ということです」

眼鏡の奥にチラリと見える、生気の感じられない瞳。それでも今の私にとっては、誰よりも頼もしく見える。

「あの人自ら、こんな回りくどいことを本当にするのかしら」

そうは言ってみたものの、もしも私が先に帝人さんのＳＮＳをチェックしていたら、きっと立場は逆だっただろう。姫宮さんから「帝人さんがわざわざ？」と言われたのに対し、可能性はゼロではないと反論していたはずだ。

「福田さんは以前、彼女が病院に通っていると言っていましたよね？」

「うん、言ったよ」

「それを言いふらされないよう、このマンションから追い出そうとしているのでは」

確かに、余計なことを言いそうな人間を排除するためならばなりふりかまっていられないという理論は、腑(ふ)に落ちる。女王様の秘密を握っている私は、きっと邪魔な存在に他ならない。

「……ふふっ」

ああ、なんて可哀想な人。あなたが見下している私達二人が、裏では手を取り合い抗(あらが)おうとしているなんて、夢にも思っていないのだろう。

「女王様も、完璧ではないのね」

薄い微笑みと共に吐き出した私の言葉を、姫宮さんはただ黙って聞いていた。

本音を言えば、彼女から同情めいた視線を向けられるのは嫌だった。見た目にも気を遣わず部屋に引きこもってばかりで、私には理解できない趣向のイラストを描いて小銭を稼いでいる。

このマンションに住むことができているのも、彼女自身の力ではなく両親のおかげ。それでも私よりも低層階で、友人もいない為に魅力的な共有スペースも宝の持ち腐れ。帝人さん達からの一方的な嫌がらせにも反論せず、ただ黙って耐えているだけの人。

けれどそんな姫宮さんを変えたのは、他の誰でもなくこの私。孤独だった彼女に手を差し伸べ、良き友人となった。だからこそ、恩を返したい力になりたいと、私のためを思って精力的に行動している。

私にとっては当たり前であるこの優しさが、姫宮さんの救いとなっている。そして今、彼女は私を救おうと努力している。見下されているのではなく、私達は互いに手を取り合い、傲慢(ごうまん)な女王に打ち勝とうとしているのだ。

それに、姫宮さんだけではない。本間君だって、私に助けてもらったからと、一生懸命に尽くしてくれる。あの件以降、彼は忙しい仕事の合間を縫っては私を家の側のコンビニまで送ってくれる。たまに公園に寄り道をしては、他愛ない会話を交わしながら笑い合う。

一見特別でもなんでもないこの時間が、今の私にとっては心の支えだった。

誠一さんもしばらくは不機嫌なままだったけれど、いつの間にか元に戻っていた。私はそんな彼の過ちを許し、妻として寄り添っている。

きっといつか、帝人さんも分かってくれるはずだ。私は敵ではなく、あなたの味方なのだと。


「君は一体何がしたいんだ!? 俺を貶めてどうするつもりなんだ、答えろ！」

今日は誠一さんの好物ばかりを作ろうと、キッチンに立ち鼻歌を歌っていた矢先。いつもよりずっと早い時間に帰宅した彼は、ただいまもなしにズカズカと上がり込み、私に詰め寄った。

「い、一体どうしたの？」

内心ビクビクしながら、なるべく穏やかな口調で尋ねる。そんな私の態度がより気に障ったらしく、彼は大理石のキッチンカウンターを両手で激しく叩いた。

「とぼけるなよ、今日わざわざ薬局に電話かけてきただろう？ 俺が浮気をしている、相手の女を出せ、訴えを起こすって、散々喚いたらしいじゃないか！」

「そ、そんな！ そんなことするはずがないわ！ だって私は今日も仕事だったのよ!?」

「今は忙しくないし、時間なんていくらでもとれる。履歴は間違いなく君の番号だったんだから、言い逃れなんて無意味だ」

頭が真っ白になり、寒くもないのに背筋がぞくりと粟立つ。ただでさえ最近、気味の悪い嫌がらせが続いているというのに。

「私は本当に、電話なんてかけてない！　あなたが浮気をしてるだなんて、一度も疑ったことはないわ！」

「どうだか。君が今日名前を挙げた坂上さんは、君がウチを退職する前にも、何度も詰め寄られたって言ってたよ」

「さ、坂上さん？　彼女がどうして……」

誠一さんと私は同じ薬局で働いていて、そこで知り合った。結婚を機に退職したけれど、昔から働いているメンバーの顔はきちんと覚えている。

特に坂上さんは、同じ事務員として何年も一緒に仕事をしてきた。人見知りでなかなか職場に馴染めなかった彼女が、皆の輪に入れるように取り計らったのは他でもない、私なのだ。

結婚式にも出席してもらったし、連絡は頻繁に取り合わないものの、何かの折で会った際には「福田さんには本当に感謝してる」と必ず言われるほど。

「俺に気を遣ってずっと言えなかったって、こんな騒ぎになるならもっと早く打ち明けるべきだったたって、坂上さん泣いてたんだぞ」

「で、でたらめよ！　私一回も、彼女を責めたことなんてない！」

「こんな意味のない嘘を吐いて、坂上さんになんのメリットがある？」

冷ややかな視線を向けられた私は、思わず言葉に詰まる。確かに、今さら職場にいない私を貶めたところで坂上さんに利はないし、逆に誠一さんとの浮気が事実なのではと噂されれば、孤立する危険だってある。

周囲から慕われていた私と愛想のない坂上さん、どちらの信用度が高いのかなど、明白なことなのだから。

「彼女の意図は私には分からない、でもっ……！」

誠一さんの腕を掴み、必死に訴える。彼は視線を逸らし、皮肉めいた口調でぽつりと呟いた。

「最近の優里は、ちょっとおかしいよ」

「え……？」

「被害妄想だったり、家事だって疎かになっているし、昔はもっと俺に優しかった」

私がおかしいと、誠一さんは本気でそう思っているのだろうか。

「患者さんの対応が終わって、君がおかしな電話をかけてきたと聞いた時の俺の気持ちが分かるか？　どれだけ恥ずかしかったか」

「私が、あなたの立場を悪くするようなことをする人間じゃないって、皆だって知ってるはずでしょう⁉　おかしいのは、坂上さんのほうよ！」

普段滅多に声を荒げることのない私の喉からは、掠れ声しか出てこなかった。

「ああ、そうだな。君を知ってる全員が言ってたよ。本当に気の毒だって」

「それは、私が？」

「馬鹿言うな。俺が、だ」

嘲るように鼻で笑い、とうとうこちらに背を向ける。今しがた帰宅したばかりなのに、誠一さんの足は玄関へと向かっていた。

「待って、どこへ行くの!?」

「どこだっていいだろう」

「まさか、坂上さんの所……?」

無意識に口を突いて出た言葉を、慌ててのみ込もうとする。けれど既に遅く、こちらを振り返った彼は裏づけをとった刑事のように、勝ち誇った笑みを浮かべていた。

第四章『覆水』

誠一さんが出ていった後、私はほとんど放心状態でソファに座り込んだ。真っ白なレースカーテンの隙間から差し込む西日がやけに眩しく、それを避けようと深く俯いた。

「どうして、こんな……」

全ては偶然？　そんなことあり得ない。誰かが確実に、私を陥れようと画策している。今回のことで、それはより明確に浮き彫りとなった。

勘違いではないと何度訴えても、誠一さんは楽観的に捉えて聞く耳を持ってくれなかった。にもかかわらず、自身が実害を被った途端に激昂して突き放すなんて。

妻を一切庇わず他人の坂上さんを信用する彼の行動は、浮気を疑われても文句は言えない。

夕飯の支度を続ける気にはなれず、彼を追いかけようとも思えない。なぜ私がこんな目に、今までの努力は一体、気の毒なのはこちらだ、とさまざまな感情が瞳の奥でグルグルと駆け巡る。

不意にエプロンのポケットが規則的に震え始め、億劫だと思いながらそこからスマートフォンを取り出した。もしかすると、頭を冷やした誠一さんからの電話かもしれないと。

けれど、画面に表示されていた着信の相手は夫ではなく、本間君だった。私の指は性急にその名前をタップする。

「もしもし、福田さん？　今日はもう帰っちゃったんですね。薬局の駐輪場に行ってみたけど、自転車がなかったから。間に合わなくて残念だったなって、ただそれだけなんですけど……」

「本間君、私……、私っ……」

堰を切ったように涙が溢れて、どうしようもなく哀しくなる。だって私は今まで、人を選ぶことなくたくさんの人に親切にしてあげた。その結果がこれなのかと思うと、虚しさに耐えきれない。

「今すぐ会いましょう。お願いだからダメだと言わないで」

「だけど……」

「他の誰でもない、俺があなたを助けたい」

電話越しに伝わる、決意に満ちた男らしい声色。歳下の男性に縋るなんて惨めなこと、本来ならばしたくなかった。

そうさせるように追い込んだのは、正体も分からない嫌がらせの犯人と、他でもない誠一さんだ。私が自ら、望んで起こした行動ではない。

「いつもの公園で待ってます」

「……分かった」

こくりと頷いて電話を切った私は、俯いていた視線を上げる。いまだに煌々と差し込む西日が妙に腹立たしく、私は乱暴な仕草で遮光カーテンを引いたのだった。

本間君と合流し、私達は並んでベンチに腰かける。彼はカバンからカフェオレを取り出すと、わざわざ蓋を開けてから私に差し出してくれた。

いまだに誠一さんからの連絡はなく、きっとまだ帰ってもいないだろうと思う。普段は比較的温厚だけれど、一度機嫌を損なうと長い。すぐに現状を受け入れ、気持ちを切り替えることのできる私には、理解のできない感情だ。

「そんなことが……。旦那さん、いくらなんでも酷過ぎる！」

予想通り、本間君は私以上に憤っている。全面的に私を信じているその様子に、ほんの少しだけ冷静さを取り戻すことが出来た。

「もういいの。信用してもらえない私が悪いんだから」

「そんなわけない！　福田さんがどんなに優しい人か、一番近くにいる人が分からないなんて、そんな話があってたまるか！」

「ありがとう。そう言ってくれる人がいて、私は幸せ者だよ」

自嘲気味に呟くと、彼の手がそっと私の膝に触れる。驚いて視線を向けると、まっすぐに澄んだ瞳と視線がぶつかる。心臓が猛スピードで血液の供給をしているのは警鐘の証か、それとも純粋な胸の高鳴りか。

「初めて会った時からずっと、俺は福田さんに惹かれていました。この気持ちは一生伝えないままでいよう、でないと優しい福田さんを困らせることになるって、ずっと我慢してたんです」

「本間君……」

「でも、それももう限界です。だって、好きな人の苦しむ姿なんか、誰が見たいと思いますか？幸せにしてくれない旦那さんなんか、こっちから願い下げです。捨ててやりましょうよ、福田さん」

彼らしくない過激な台詞は、私のため。ここまでストレートに思いをぶつけられたのは初めてで、触れ合う手が焼き切れてしまいそうなほどに、熱を帯び始める。

このまま彼の手を取れたなら、どれだけ幸せなのだろう。

「俺のこと、嫌いですか？」

答えを恐れているようなその表情に、ぎゅうっと胸が締めつけられた。

「本間君のこと、好きだよ。感謝もしてるし、一緒にいられたらいいなって思う。でもそれは、誠一さんに対して抱いてる感情とは違うの」

「ただの友人……ってことですよね」

しばしの沈黙の後、俯いていた彼がパッと顔を上げる。明らかに無理やり作られた笑顔を見ても、私には何もしてあげることは出来ない。

「ごめんなさい、本間君」

「いやだな、謝らないでくださいよ。福田さんは、何も悪くないじゃないですか！」

私から手を離すと、そのまま胸元でブンブンと左右に振る。気を遣わせないようわざと明るく振る舞う本間君は、自身の感情よりも私を優先してくれた。

「……ありがとう」

彼と会えるのも、今日が最後かもしれない。そう思うと苦しくて、呼吸すらままならなくなる。

けれど、私からは誠一さんを裏切れない。話し合えばきっと、改心してくれる。二人で積み上げてきたものは、吹けば一瞬で崩れてしまうような砂城ではないはずだから。

「すみません、少しだけいいですか」

「えっ……」

返答の間もなく、本間君はほんの一瞬私の肩に顔を埋めた。切なげに掠(かす)れた声色が「好きでした」と紡いだその言葉に、私は気づかない振りをした。

「ははっ、福田さんが大変な時に何やってんだ俺は」

「ううん。嬉しかったよ」

「それ飲んだら、帰りましょうか！　あんまり夜風に当たるのも良くないし」

そう言われて初めて天を仰ぐと、空はすっかり藍色に様変わりしていた。

本間君がくれたカフェオレは、なんだかいつもよりほろ苦く感じた。

——ふと気がつくと、私は座り心地の悪い椅子に腰掛け、ぼんやりと目の前を見つめていた。まるで映画館にでもいるかのように、スクリーンには古惚けた映像が映し出されている。

ああ、これは夢なのだとすぐに理解した。なぜなら、私が見ている映画の主人公が私自身だったからだ。

なんの変哲もない赤いランドセルを背負い、通学路の真ん中で一人ポツンと佇んでいた。茜色の空、伸びた影、そして暗い表情。幼い頃の私がここで一体何をしているのか。ほんの些細な出来事が、今も記憶の真ん中に鮮明にこびりついていた。

「昨日ずっと待ってたのに、どうして来てくれなかったの？」

ユラユラと場面が切り替わり、小学校の教室で私はある女の子に話しかけていた。可愛くて明るくて、みんなの人気者アキちゃん。彼女は誰に対しても気さくで、私のことも友達だと言ってくれた。

この頃から既に姉の聡美が特別であると自覚していた私は、家では空気のような存在だった。両親からしてみれば、贔屓をしているつもりなどないのだろう。

けれど、私には分かっていた。特別な能力を持つ存在は、ただそれだけで優遇される。対抗するには、こちらも『武器』を持たなければならないのだと。

きっと、もっと幼い頃はただ純粋な親切心だった。それがいつからか『武器』に変わり、私を守る『手段』となったのだ。

「約束してたっけ？　すっかり忘れてた、ごめんね」

　アキちゃんは悪びれることもなく、笑いながら両手を合わせる。これでもう何度目だと責めたい気持ちを、グッと堪えた。

「あれ。優里ちゃん、もしかして怒ってる？」

　それでも、つい顔に出てしまったのだろう。アキちゃんの大きな瞳が、私をジッと見つめていた。

「優里ちゃんは優しいから、そんなことで怒ったりしないよね？」

　疑問符がついているように聞こえるが、それは問いかけではない。私に『優しさ』を求め、強要している。まるでそれ以外は必要ないとでも言いたげに。

「……もちろん、怒らないよ」

　その瞬間、私は悟る。アキちゃんの隣に立つためには、私は常に優しくあらねばならないのだと。

「ありがとう！　優しい優里ちゃんが、大好きだよ」

　彼女は可愛らしい笑みを浮かべて、私に抱きついた。周りにいた数人が羨ましげな瞳でこちらを見つめていて、私がとった選択は間違いではなかったのだと、内心安堵のため息を吐いた。

　そこからは、まるで画面がバグを起こしたかのようにコロコロと変わり始めた。

　誕生日に買ってもらったワンピースを、ピアノの発表会に着たいと駄々をこねる姉に譲った日。

ガランとした教室で、私一人だけがホウキを手に掃除をしている日。

周りは派手な子達ばかりで、それに合わせようと必死に明るく振る舞っている日。

友達だと思っていた子達が、私抜きで何度も遊んでいたことを知った日。

そして、生まれて初めて他人を責めた日。放課後の教室で、数人の女子が私の教科書をゴミ箱に捨てようとしている場面に出くわした私は、おそらく初めて他人に対して怒りをぶつけた。

剥き出しにした渾身(こんしん)の感情は、鼻で笑われて終わる。どうやら私のアイデンティティーは『優しい』以外にはないらしい。

「怒るなんて、優里ちゃんらしくない」

「何をしても、いつも許してくれたじゃない」

「優里ちゃんが優しくなくなったら、仲良くする意味なんてないよ」

ただの悪ふざけに目くじらを立てるなと、いつの間にか私のほうが悪者になっていた。茫然(ぼうぜん)と立ち尽くしながら、私は痛感する。

——優里は、優しくなければ居場所を失う。

それ以降、私は今まで以上に徹底して感情をコントロールしなければという強迫観念に駆られ始め、無意識に自分よりも可哀想な立場にいる人間を探すクセがついた。そうしなければ、優しい自分を保っていられなかったのだ。

最初は、ただ純粋に誰かに親切にしたいと思っていたはずだった。それがいつの間にか『偽善』に変わり、そして『愉悦』となった。

優しくて理解のある優里を演じて、その歪みをさらに立場の弱い人間に擦りつける。そうしてやっと、この世界に立っていられた。

「いつか、こんな日が来ると思ってた」

一体、誰に向かって呟いているのだろう。思いきり涙を流しているような、それでいて腹の底から笑っているような、言葉では表せない感情で溢れていた。誤魔化し続けた心はあちこちに亀裂が入り、陳腐な接着剤ではもう修復できない。

「違う、絶対に認めない。私はこれからも、優しい人間であり続けるのよ」

自身の手の甲に噛みつき、ギリギリと歯を噛みしめる。この痛みが、きっと正気に戻してくれる。

一度演じ始めたら、もう舞台から降りることはできない。自然に人生という幕が下りるか、第三者の手で強制的に引き摺り下ろされるまでは。

「……ん、あれ……？　私いつの間に……」

目を覚ますと、そこは寝室だった。普段着のまま、入浴も済まさずに眠ってしまったようだ。電気のついてない部屋は真っ暗で、それはまだ夜が明けていないことを示していた。

とても嫌な夢を見ていたような気がして、思わずこめかみを押さえる。ハッキリと思い出せないことに、心底安堵する。身体が小刻みに震えてしまうほど、怖い思いをしたのだろうから。まだ現実との境目が曖昧だけれど、少しずつ脳が活動を始めた。あらぬ誤解で誠一さんに責められたことがショックで、つい本間君に泣きついてしまった。

彼と公園で話していたところまでは覚えているけれど、そこからの行動記憶がなぜか曖昧で朧げだった。確か誠一さんの愚痴を盛大に溢して、半ば二人で悪口大会のようになって盛り上がった。本間君は気不味い空気を微塵も感じさせず、終始私を思い遣ってくれた。

それからいつものコンビニまで送ってもらったような、彼に悪いと一人で帰ったような、時系列の定まらない記憶がごちゃごちゃと混ざり合っているような気がする。

やけに頭がスッキリしていて、疲労感も減っている気がする。最近あまり入眠できなかったせいもあって、帰宅後いつの間にか寝落ちしてしまったのだろう。

本間君がいてくれたからこそこんな風に眠ることができたのだと、改めて彼に感謝の想いを伝えたくなる。けれど、それはあまりにも不誠実な行動だと分かっている。私は、誠一さんを選んだのだから、もう二度と本間君には連絡をしない。

能天気で自分勝手で、いつだって自分が正しいと信じて疑わない。妻である私よりも、ただの職場の後輩の言うことを鵜呑みにするどうしようもない人だけれど、やはり私はあの人を愛している。

蔑むような視線を思い浮かべると、途端に胸が締めつけられる。ジワリと目尻に涙が浮かんだ瞬間、静かに寝室の扉が開いた。

てっきり自分以外には誰もいないと思い込んでいた私は、思わず小さな悲鳴を漏らした。誠一さんはその声に驚き、足早にこちらに近づいてきた。

「どうかした？　具合が悪いのか？」

「い、いいえ。ただ驚いただけよ、まさか帰って来てくれるなんて思わなかったから」

たった数時間しか離れていないのに、まるで生き別れの恋人と再会を果たしたように私の心は感奮している。思いきり責めたいけれど、それもできない。普段の私ならば、それを堪えて自ら謝罪するだろう。本来の解決に繋がらないと分かっていても、深く根づいた恐怖心はそう簡単には拭えない。

優しさのない私など、きっと見捨てられてしまうと。

「君が服も着替えずに寝ているところなんて、初めて見た」

「あ……。ごめんなさい、みっともなくて」

この期に及んでまだ責められなければならないのかと、ウンザリしてしまう。先ほど悪夢を見たせいで、どうも感情のコントロールが上手くいかない。

「いや……、違う。よほど疲れたんだと思っただけだ」

誠一さんは、怒りに任せて部屋を出ていった時よりも、幾分冷静さを取り戻した様子だった。頭の後ろに手をやり、バツが悪そうに視線を彷徨わせている。

「職場に迷惑をかけたことが許せなくて、つい言い過ぎた。それに、俺が優里を裏切ると思われていたのもショックで」

「ち、違う！　私はっ……」

全ては誤解だと懸命に訴えたところで、これでは結局同じことの繰り返しになる。彼は確かに私の携帯番号から着信があったと言っていたから、今弁明しても否定される可能性が高い。

昂る感情を唾と共にのみ込み、目の前に佇む誠一さんを見つめながら、静かに口を開いた。

「なんにせよ、あなたが嫌な思いをしたことは事実なんだもの。私を軽蔑しても仕方ないわ」

「優里……」

「だけど、これだけは信じてほしい。誠一さんと結婚することができて、毎日が本当に幸せだった。それを自分から手放すような真似は、したくないと思ってる」

半分本音で、半分は建前。一方的に私を責め立てる誠一さんは視野が狭くて可哀想だと、冷ややかな視線で彼を見下ろす自分がいることも、完全には否定できなかった。

「俺も、少し頭を冷やすよ。また改めて、よく話し合おう」

「そうね。私も、もっとあなたの話をよく聞くわ」

やってもいないことについて説明されても、それは誤解だとしか言いようがない。けれど、誠一さんも演技をしているようには見えないし、今回のことも例の嫌がらせの件と同一犯の仕業である可能性も充分にあり得る。

そうなれば彼も騙された側なのだから、広い懐で許してあげなければ。私ならば、きっとそれができるはずだ。

「だけど、俺達夫婦の問題に他人を巻き込むことだけは止めてくれ」

「……肝に銘じておくわ」

頷(うなず)く気も起きず、ただそれだけ口にすると再びベッドに横になる。着替えがどうのこうのと言われても、もうこれ以上は取り繕(つくろ)える自信がなかった。

「おやすみ、優里」

誠一さんの声色からは、今どんな表情を浮かべているのか読み取ることができない。それでもかまわないと、私はぎゅうっと目を瞑(つむ)った。

私はいつだって、誰に対しても優しく親切な振る舞いを心がけてきた。今私の身に起こっている不幸も、きっとこれまでの行いが身を助けてくれるはず。第一、無実なのだから堂々としていれば良いのだ。そうすれば、いつか自ずと真実が明らかになる時がくる。

せめて夢の中でくらいは私を大切に想ってくれる人と過ごしたいと、瞼（まぶた）の裏にあの人の笑顔を思い浮かべる。だんだんと遠のいていく意識の中で、今度こそ幸せな夢が見られますようにと強く願った。

朝目が覚めると、驚くほどに頭が重かった。ズキズキと痛む頭を押さえながら、ベッドから身体を起こす。どんなに気がのらなくとも、仕事を休むわけにはいかない。誠一さんは既に家を出たようで、顔を合わせずに済んだことにホッと息を吐いた。

一人分の朝食を作る気にもなれず、コーヒーとヨーグルトで済ませる。食べながらなんの気なしにスマートフォンを操作すると、響ナナの新着動画通知が目に入った。

「最近色々あって、全然見られてなかったなぁ」

登録者数が増えずとも、アンチに心無いコメントを書き込まれようとも、響ナナはめげずに投稿を続けている。久々に彼女が奏でるピアノの音を聴きたくなった私は、動画投稿サイトのアイコンをタップした。

そして次の瞬間、スプーンから溢れたヨーグルトがボトリとテーブルに落ちる。そんなこともおかまいなしに、私はあんぐりと口を開けたまま画面を凝視していた。

「響ナナのチャンネル登録者数が、十万人を超えてる……!?」

何かの間違いだと、何度も指で画面を下に引っ張り更新してみても、数字は一ミリも変わらない。アクセス先を間違えたということはもちろんなく、私は正しく響ナナのページを開いている。

「どうして急にこんな……」

一体何が起こっているのか、まったく理解が追いつかない。いつから彼女の新着動画を追えていないのだろうと、一覧を遡ってみる。すると一つ、特に再生数の多い未視聴動画を発見し、すぐさまそこをタップした。

普段と決定的に違うのは、響ナナ本人が映っていないということ。まるでアニメのプロモーションビデオのように、イラストに合わせてピアノの音色が流れている。

彼女が好んで演奏するのは、ショパンやリストなどの特に技巧が求められるような曲ばかり。指の使い方が難解かつ高速で、しかも本人の手元がしっかりと動画に映っている為に、誤魔化しもきかない。

確かに、完璧に弾き切ることができれば素晴らしく映えるに違いないだろうけれど、過去にピアノを少しかじった程度の私でも分かるくらいに、彼女の技術力には不釣り合いな曲ばかりだった。

けれど、この動画は全く毛色が違う。どうやら今時のアップテンポな曲を弾きやすいコードでアレンジしたようだ。響ナナにそんな技術があったという事実にも驚かされるが、特筆すべきはそこではない。

イラストレーターによる、メイキング動画のような導入。タブレットではなく鉛筆で描くところから始まり、コマ送りの要領で次々に絵が完成していく。

改めて動画のタイトルを見てみると、

「ピアノカヴァー曲に合わせてタイプ別にイケメン描いてみた」となっている。その通り、軽快な音に合わせて次々と男性キャラクターが描かれていく様は、見ていて楽しい。キュート、ワイルド、スポーツ、インテリジェントなど、どのイラストも綺麗で見やすい。

動画の概要欄をよく見てみると、この動画はプロのイラストレーターとのコラボ企画であることが記されていた。

チャンネル登録者数が千にも満たないピアニストとコラボしようだなんて、そのイラストレーターも大胆な試みをするものだ。

こうしてヒットしたからいいようなものの、これまで同様再生回数がまったく伸びなかった場合、この動画を作成した時間は無駄になってしまうというのに。

コメント欄はほとんどが好意的な意見ばかりで、たとえアンチによる否定的な書き込みがあっても、この総数では大して目立たない。

人は長いものに巻かれる習性があり、それはことインターネットの世界においては特に顕著だと私は思う。最初に書き込んだ人が絶賛していれば、次もそれに続く。逆もまた然り で、悪口ばかり書かれているコメント欄には自分も同じことをしてもかまわないと、妙な正当性が生まれてしまうのだ。

「帝人綾女がＳＮＳでオススメしてた……って、帝人さんが響ナナの動画を!?」

予想外の名前が何度も出てきたことに、私は思わず立ち上がった。彼女の動画がバズっている事実だけでも信じられないのに、まさか火付け役があの帝人綾女だなんて。

「女王様がこんな動画見てるなんて、絶対嘘に決まってる」

動揺から、独り言が止まらない。ぶつぶつと呟(つぶや)きながら、響ナナのチャンネルと帝人さんのＳＮＳを行ったり来たりしていた。確かに「オススメだからぜひ見てね」と、動画とは全く関係のない自撮りと共にそんな文章とリンク先が載せられていた。

「どうして、こんな、こんなこと……」

唇を噛むと、そこがジンジンと痛む。響ナナが世間に認められたことは、素直に嬉しい。嬉しいけれど、そこに帝人さんが絡んでくるとなれば話は別だ。

私はただの視聴者で、響ナナとは知り合いでも友人でもない。それでも、ずっと長い間応援し続けてきたのは私なのだ。帝人さんは影響力があるというだけで、本当のファンとは違う。

上手く言葉にできないけれど、裏切られたような気がして堪(たま)らない気持ちになった。

これ以上は見ていられないと、響ナナのチャンネルページを閉じようと指を伸ばす。ふと、今朝通知が届いたばかりの新着動画の上で、それが止まった。

そこには『悲しいお知らせ』というタイトルと、黒いスーツを着用した響ナナのサムネイル。

まさか、動画がバズった僅か数日後になんらかの炎上騒ぎでも起こったのだろうかと、逸る気持ちを抑えながらトントンとタップした。

「皆様、いつもご視聴ありがとうございます。今日はとても悲しく残念なお知らせをしなければなりません」

ロングヘアを後ろで束ね、いつもよりも控えめなメイクに覇気のない表情。それは炎上騒ぎに対する弁明などではなく、ある特定のアンチへ法的措置をとることに決めたという旨の動画だった。

「その方からは、私のチャンネル登録者数がまだ千人にも満たない頃から、ファンという肩書きで数多く嫌味コメントを書き込まれていました。それだけでも気分のいいものではありませんでしたが、最近はさらにエスカレートしＤＭで殺害予告や人格否定をされるようになって……。さすがの私も、これ以上許すことができなくなってしまいました」

目が落ち窪み、表情も暗いのはそのせいだったのかと納得する。淡々と説明を続ける彼女を見ながら、自身のなかに湧き起こる感情を抑えることが出来なかった。

「……ふふっ」

ああ、なんて可哀想。どれだけ再生回数が伸びたところで、その中に本当のファンがどれだけ存在しているのだろう。私は、響ナナが有名になる前からの応援者。きっと彼女も、古参のファンのほうが大切に決まっている。

動画内で取り上げられているアンチは、一線を越えてしまった。響ナナの動画がバズったことに嫉妬した、哀れな人。

「いけない。もう出なきゃ」

予想外の展開に意識を奪われていたら、いつの間にかもう何十分も経っていた。テーブルはそのままに、私は慌てて家を飛び出したのだった。

いつもと同じようにエレベーターに乗り、エントランスを通過する。その時、明らかに違和感を覚えた私は辺りをぐるりと見渡した。

高級ホテルのように豪奢なその場に似つかわしくない、バタバタという複数の足音。警備服に身を包んだ男性達が、しきりになにかを隠そうとしている。

「は……？　なに、これ……」

一目見た瞬間に、脳が理解する。だって、自分の写真が貼られているのだから、気づかないはずはない。

Ａ３ほどのサイズに拡大コピーされた、私が裸でベッドに横たわっている写真。どんなに鈍い人間であろうとも、これを見れば事後であることが分かるほどの、生々しい姿。

「ウソ……、嘘でしょ⁉　一体なんなのよぉっ……‼」

理解ができない、したくもない、今すぐにその場から逃げ出したい。だけど、大量に貼られたこれをどうにかしなければ、身に覚えのない痴態を何百人もの目に晒してしまうことになる。

「この写真って、あの人よね？」

「私だったら、とても部屋から出られないわ」

「ウチのマンションに、こんな低俗な人が住んでいるなんて」

誰も彼もが、警備員ですら私を指差して囁き合っているように思えてならない。無意識に呼吸が浅く、速くなり、眼前がぐにゃりと歪み始める。


——恥ずかしい人。

——最低な人。

——なんて、可哀想な人。


「いや、いや、やめて、そんな目で見ないで」

ずりずりと後退りをしても、逃げ場が見当たらない。今まで私が築き上げてきた何もかもが、足元から音を立てて崩れ落ちていく。

「誰か……」

誰か、私を助けて。

私が誰かを、皆を、助けてきたように。

「福田さん、こっちです」

ガックリと膝を突きそうになった瞬間、誰かが私の腕を掴む。痛いくらいの力で引かれ、無数に貼られた写真が私の視界から消えた。

代わりに、姫宮さんの顔が瞳に映り込む。それはいつもと変わらず地味で冴えない姿だったけれど、今の私にとってはこの世のなによりも輝いて見えた。

「大丈夫ですか？　大変な騒ぎになっているようですが……」

「れ、麗子さん……」

「とりあえず、私の部屋に行きましょう。二階ですから、すぐに着きます」

彼女はふくよかな身体を突き出し、私を覆い隠すように歩き出した。

「迷惑かけてごめんね、麗子さん」

「私のことは気にしないでください。それよりも、エントランスに貼ってあったあの写真は……」

いつも無表情を崩さない彼女が、案じるようにこちらを見つめている。変な誤解をしてほしくなくて、私は声を張り上げた。

「違う、あれは誰かが合成して作ったんだよ！　だって、あんな……、私は絶対に浮気なんてしない！」

「浮気？　ご主人とではなく？」

「それは……。私達、もうずいぶん夜の生活がないから」

なぜ他人にプライベートを曝け出さなければならないのだろう。誠一さんから心配されないどころか、女として抱かれてもいないだなんて。自分が惨めで、涙すら出てこない。

「私、どさくさに紛れて一枚剥がしてきたんです。証拠になると思ったので」

姫宮さんは、ポケットから折り畳まれた写真を取り出すと、テーブルにそっと置いた。

「差し出がましい真似をしてしまいすみません」

「……ううん、謝らないで。確かに、証拠として持っておいたほうがいいわよね」

本音を言えば、自分の卑猥な合成写真など、二度と目にしたくはない。けれど、どこかに手がかりが写っているかもしれないと、私は意を決してそれを開いた。

まず目に飛び込んできたのは、赤く染まった頬と気持ち良さげに閉じられた瞼。もちろんなにも身につけておらず、ベッドに仰向けの状態で寝転がっていた。

辺りには服が散乱し、そしてそんな私に覆い被さるような格好の男性は、振り返りこちらを向いている。

顔は大部分が写真から切れていて、ハッキリとは分からない。けれど、見せつけるように突き出された舌には、いつか見たホクロが鮮明に写っていた。

——俺、珍しい所にホクロがあるんですよ。ホラ。

「これ、合成じゃない……」

驚愕の事実に気がついた私は悲鳴を上げそうになり、咄嗟に両手で口を塞ぐ。よく見ると、散らばっている服も確かに私の物。それになにより、この男性はあの本間君に違いない。

「だけどどうして……？　私、彼とホテルなんて……」

ぐわんぐわんと、激しく脳が揺れる。そういえば、あのとき。誠一さんにあらぬ罪を着せられ、公園で本間君に慰められた。彼からの告白を断ったその後から、こんな風に頭がボーッとして、気がつくと一人で寝室のベッドに横たわっていた。

「まさか、カフェオレに何か仕込まれた……？　絶対にそうよ、そうとしか考えられない！」

この写真が合成でないなら、撮るチャンスはそれ以外にあり得ない。本当に行為に及んだのかどうかは定かではないが、そんなことは問題ではないのだ。

だって、どこからどう見ても事後なのだから。

「私が、告白を断ったから？　だから腹いせにこんなこと……」

手の甲を思いきり噛んだせいで、痛みに顔が歪む。けれどこうでもしないと、とてもまともな精神状態を保っていられない。

「福田さん」

姫宮さんが、そっと私の手を握る。うっすらと血の滲んだ甲の上を、彼女の白くて太い指がなぞるように這った。

「人相占いでは舌にホクロがある人は嘘が上手と言われているそうです」

「嘘が上手……。じゃあ、今までのは全部……」

真っ赤な嘘。写真に映るその姿は、まるで私を嘲るように、こちらに向かって赤くて長い舌を突き出している。


――バーカ。


動くはずのない唇が、そんな言葉を紡いだ気がした。

「これからどうすればいいの？　こんな写真をあちこちに貼られて、誠一さんが帰ってきたら誤魔化しきれない。彼に見られたら……！　いいえ、もう既に知られているかもしれないわ！　せっかく、話し合えるチャンスだったのにっ……！」

汗なのか涙なのか鼻水なのか、もう分からない。身体中がグチャグチャで、このまま意識を失ってしまえたらどんなに楽だろうと考える。

「大丈夫」

そんな私を、姫宮さんのふくよかな身体がすっぽりと包み込んだ。彼女はまるで小さな子どもをあやすように、トントンと優しく背中をさする。

「己の行いは、いずれ全て己の身に返ってきます。福田さんの優しさは、たくさんの人の心を動かしているはずです。あなたに救われたぶん、今度はきっとあなたを救ってくれる」

「麗子さん……」

「決着がつくまで、私は決してあなたの側を離れたりしません」

姫宮さんの肩に縋りつき、声を上げて泣いた。ある日突然、悪意を向けられる理不尽さと、それでも優しくありたいというジレンマ。私は私という人間を、これからどんな風に作り上げていけばいいのか、分からなくなってしまった。

『優里は優しくていい子』であることが、私のプライドであり、誇りであり、一筋の光。どれだけ辛い現実を突きつけられようとも、相手を殺したいほど憎く思っても、それだけは変えられない。

「……そう。あなたは本当に優しい人ですよ、福田さん」

彼女は私に寄り添い、背中を撫で続けてくれた。どれほどの時間が過ぎたのかも体感的には分からなかったけれど、マンションの側にある小学校の規則正しいチャイムの音が、耳の端で鳴り響いていた。

「そうだ、職場に連絡しないと……」

擦り過ぎた目元は腫れ、いつもよりずっと視界が狭い。始業時間はとっくに過ぎているけれど、無断欠勤よりはマシだろう。体調不良とでも理由付けしようと思いながらスマートフォンを手にした矢先、ちょうど職場からの着信に気づく。

「はい、もしもし」

「あ、福田さん？」

それは円味さんの声だった。遅刻など一度もしたことがない私を、心配してくれたのだろう。

「連絡が遅くなりすみません。あいにく体調が優れず、本日お休みをいただけたらと……」

へり下った物言いで欠勤の許可を得ようとする私の言葉を遮り、彼女は冷たい声色で言い放った。

「ああ、嘘は吐かなくていいから。全部知ってる、というより薬局にまであなたの浮気現場の写真が大量に貼られて、こっちも仕事どころじゃないんだけど」

「えっ……、薬局にですか……？」

「それに、福田さんが薬局利用者の個人情報をネットに書き込んで、迷惑してるってクレームの電話も何件も来てる。どうやら、ネットにも『福田優里は人が服用している薬を勝手にバラす酷い事務員』だとか書かれて炎上しているみたいだし、写真に対する抗議も凄い」

次第に語気が強くなり、最後は大きなため息で締め括られる。こうして会話をしている間にも、円味さんの背後はとても騒々しい。

「大人しい顔して、裏ではとんでもないことやってたんだね。幻滅したよ、福田さん」

「ち、違います誤解です！　私は何もっ……」

「とにかく、こちらから連絡をするまでは出勤を控えてもらうよう薬局長から言われてますので」

通話は一方的にプツリと切れ、現実を受け入れられない私はいつまでも耳にスマートフォンを押し当てたまま。

「なんで、どうして、私が一体、何をしたっていうの？　誰も信じてくれないなんて、こんなのおかしい」

「福田さん……」

切れかけの電池に必死に縋りついているおもちゃのように、虚ろな瞳でブツブツと同じ台詞を繰り返す。もう、自分が立っているのか座っているのかさえ、よく分からなかった。

「しっかりしてください、福田さん！」

姫宮さんのあまり通らない声が、初めて私の鼓膜を揺らす。キンキンとしたトーンは心地の良いものではないけれど、彼女の必死さがヒシヒシと伝わってきた。

「犯人を捕まえるんです！　このままでは、あなたが壊れてしまいます！」

「でも、そんなことどうやって？　誰の仕業かも分からないのに……」

「帝人さん以外にあり得ない」

そう口にする姫宮さんの瞳が、ギラリと妖しく光った。

「帝人さんはあなたの勤め先も、部屋番号もなにもかも知っています。さまざまなコネクションがあるでしょうし、動機だって持っている。それに、平気で人をいじめられるような性根の持ち主ですから、このくらい笑いながらできるでしょう」

「笑いながら、こんなことを……」

「彼女にとって私達は、踏み潰したことにすら気づかない蟻と同等。福田さんが苦しんでいる今も、このマンションの最上階で高笑いしている」

きっと、自身がこれまで帝人さんにされてきた仕打ちを反芻(はんすう)しているのだろう。姫宮さんの表情は、静かな怒りに満ちていた。

「他人を陥れることでしか幸福を得られない可哀想な女王様を、私達の手で引き摺り下ろす。これは復讐ではなく、帝人さんの暴走を止める正義です。今後、私達のような被害者を出さない為に」

彼女の淡々とした口調は、やけに私の胸に響いた。これは復讐ではない。やられたらやり返すという、無意味なループではない。「優しい私」から、外れた行いではない。

白い紙の真ん中に、優里という名を記す。そこから線が伸びて、私がさまざまな行動や言動を行う。けれど、この線は決して切れてはならないのだ。私という存在に繋がっていなければ、自分で自分を許せなくなるから。

「分かった。これ以上、彼女の好き勝手にはさせない。私達二人で、帝人さんの悪意に打ち勝とう」

神妙な面持ちで頷(うなず)く私に向かって、姫宮さんがニタリと笑う。それはどちらかといえば悪役側の笑みなのだけれど、妙に可愛らしく見えた。

帝人さんの仕業だと周囲に公表するためには、まだ証拠が足りない。以前姫宮さんがＳＮＳから見つけ出してくれたものでは、こじつけと言われても反論ができない。

本間君に連絡をとろうにも、どうやら着信拒否されている。ＳＮＳも退会されて、他に手掛かりは得られなかった。思えば私は、彼のことをほとんど知らない。こんなことをしでかすくらいだから、名前も職業もきっとデタラメ。

反対に私は、本間君にさまざまなことを打ち明けてしまった。信じた私がバカだったと今さら後悔しても、既に後の祭りだ。職場、自宅、夫との関係、行動範囲に至るまで。思い返してみれば、彼は日常会話を装いながら実に巧みに個人情報を聞き出していたのだ。

「幸い福田さんは、帝人さんの弱みを握っています。切り崩すなら、そこしかありません」

姫宮さんにそう言われ、私は行動に出る。誠一さんはいまだに帰宅せず、携帯も繋がらない。職場に問い合わせをしようか迷ったけれど、坂上さんが嘘を吐いたことを思い出し、ふるふると首を振った。

今は、自分の無実を証明することに集中するのが得策だ。全ては事実無根だと帝人さんに証言させせれば、誠一さんもきっと分かってくれる。

帝人さんを散々褒めていたけれど、彼女の本性を知ったらどんな顔をするだろう。目を覚まして、今後は私を大切にすると言ってくれるのならば、彼を許してやり直したい。

そう決意した私は、躊躇(ためら)いを捨て姫宮さんの立てたシナリオ通りに行動を開始した。

帝人さんの通う精神科クリニックの側に張り込み、彼女が来院するタイミングを見計らう。以前ヘルプに入った調剤薬局で彼女の調剤歴を見ていたために、大体の目星はついた。

運良く、何日も経たないうちに帝人さんがクリニックへ入る瞬間に居合わせることができ、私も後を追う。正体を隠すために帽子を被り、服装も普段とはガラリと変えた。幸い彼女も、ツバの広いサマーハットで自身の顔を覆っていた。

クリニックはそこそこの混み具合で、私は怪しまれることなく待合室で帝人さんの隣に座ることができた。スマートフォンに夢中になっている彼女のバッグの中に、ボイスレコーダーを忍ばせる。さすがに緊張から小刻みに手が震えた。

無事に仕込み終えても、ここからが本当の勝負だった。私は何食わぬ顔でクリニックを出て、再び彼女が出てくるのを待つ。そこで私は、わざと飛び出し帝人さんにぶつかる。彼女のバッグの中身が、盛大に散らばるほどに強く。

「痛いっ……！　一体なんなの!?」

「ごめんなさい！」

わざと自分の持ち物もぶち撒け、どさくさに紛れて先ほどのボイスレコーダーを回収する。私だと気づかれる前に、逃げるようにその場から立ち去った。

帝人さんは憤慨した様子だったけれど、人目を気にしてか追っては来ない。たいした距離を走ったわけでもないのに、心臓が痛いほどに脈打っている。仕方のないこととはいえ、他人に危害を加えるなどという非道徳的な行動は良心が痛んだ。

それを振り払うように唇を噛み締め、振り返ることなくただひたすらに帰途へと足を進めたのだった。


ボイスレコーダーを確認すると、そこには帝人さんと精神科の医師との会話がハッキリと録音されていた。彼女の常服薬からある程度の予想はしていたけれど、やはり帝人さんは精神疾患を患っていた。

著名人にも多く見られる病として、メディアなどでも頻繁に取り上げられているような病名。比較的軽く、薬を服用していれば日常生活は送れるものの、コントロールが難しく慢性化しやすい。

私からしてみれば、隠すほどのものではないというのが本音だが、姫宮さんは「理解のない人から可哀想だと思われたくないのではないか」と見解を述べていた。

手を差し伸べられることの一体何が気に入らないのか、私には理解ができない。どうしようもないストレスやジレンマを他人にぶつけることのほうが、よほど恥ずべき行為だと思う。

「なにが一番重要なのかは、人それぞれですから」

そう呟く姫宮さんの瞳は、どこか虚ろに見えた。淡々としている彼女の内側には、きっと帝人さんへの復讐の炎が宿っている。私自身の件も片付けなければならないけれど、これは姫宮さんの心を救うためでもあるのだと、怖気づく自分に何度も言い聞かせた。

その後私は、帝人さんに連絡をとった。彼女は予想外にも呼び出しにすんなりと応じ、あろうことか自分の部屋に私を招いたのだ。

「凄い……。とても同じマンションとは思えないわ……」

最上階のペントハウスは、玄関がエレベーター直結。生まれて初めて経験するこの感覚は、言葉では言い表せないほどの特別感に満ちていた。目の前に広がるこのラグジュアリーな空間が、まるで私を待ち望んでいたかのように歓迎しているような、そんな感覚。

一歩足を踏み入れれば、一面がガラス張りの天空に浮かぶ城で、普段は見上げることしかないビル群の天頂を見下ろすのは、想像以上に気分が良かった。

置かれている調度品や家具、甘く漂う香りまで全てが一流で、これが本当に日常生活を送る場所なのかと、頭が変な錯覚を起こす。しかし目の前に佇む女王様にとってはこれがごく当たり前の生活なのだ。

人の人生を弄ぶ性悪でも、美人ならなんだって手に入る。不条理の縮図のようなこの空間は、羨ましいよりも先に嫌悪感が先行しとても居心地が悪かった。

「福田さん。あなた、色々大変なことになっているみたいね」

ボルドー色の革張りのソファにゆったりと腰かけ、帝人さんは優雅に脚を組む。深いスリットの入ったワンピースから覗く白い肌は、同性である私ですら直視しづらく、無意識に目を逸らした。

「全部、帝人さんが仕組んだことですよね？　どうして、ここまで酷いことができるんですか？」

「酷い？　それはあなたでしょう？」

　質問に質問で返されたばかりか、あまつさえ彼女はシラを切る。圧倒的なオーラを放つ帝人さんとこの部屋に、気後れしてしまいそうになるのをグッと堪え、正義はこちらにあるのだからと顔を上げた。

「私は、帝人さんが人に知られたくない秘密をちゃんと守っています。私が責められなければならない道理はありません」

「嘘吐き。私を脅すために、ここに来たくせに。大切に抱えてるそのバッグの中に何が入っているのか、私が知らないとでも？」

　予想外の言葉に、私の身体から一瞬にして血の気が引いた。まさか、わざとぶつかったのが私だと気づかれていたのだろうか。

　いや、仮にそうだとしてもボイスレコーダーの件とは話が別だ。仕込んだこと自体がバレていたのなら、帝人さんは診察室に入った時点でそれを抜いているだろう。

「その顔。私のＳＮＳに載せたいくらいにおもしろい」

　寸分の狂いもなく紅いルージュの引かれた唇が、薄く弧を描く。彼女はおもむろに何かを取り出し、私の目の前のローテーブルにパサリと投げた。

「なに、これ……？　一体誰が、こんなっ……」

それは、写真だった。被写体は私で、帝人さんの通う精神科の前で身を潜めている所から、彼女の後を追いクリニックへ入るところ、そしてバッグにボイスレコーダーを忍ばせるその瞬間さえも、鮮明に撮られていた。

帝人さんの弱点となる証拠を掴もうとした私は、反対にまんまと弱みを握られてしまったというわけだ。

「福田さんって、たくさんの人に恨みを買っているのね」

驚愕の事態に放心することしかできない私に、帝人さんが嘆声混じりにそう言った。

「……それは、どういう意味でしょうか？」

「この写真は私が撮ったんじゃない。ポストに入れられてたの」

その証拠にほら、と彼女は封筒を差し出す。そこには、走り書きのような筆記体で「A.H」と書かれているのみ。それでも私には、誰の仕業なのかを知るには充分過ぎる証拠だった。

「本間君……」

彼は、私に睡眠薬らしきものを盛りホテルに連れ込んだ挙句、私の住むマンションや職場にまで卑猥な写真をばら撒いた。それだけでは飽き足らず、尾行までされていたなんて。

まさか、今もどこかで私の行動を監視しているのではと思うと、背筋がぞくりと震えた。彼は、帝人さんの仕掛けたハニートラップまがいの存在だったのかもしれないと思うと、目の前で私を嘲笑っているこの人に殺意すら湧いた。

「そんな顔されたって、私は関与していないから。福田さんが勝手に恨まれているだけなんじゃない？」

「そんなはずない！　私は今まで、人に優しく接したことしかないし、感謝されこそすれ恨まれるような覚えはありません！」

「私この日に調剤薬局に行ったけど、事務員同士が思いっきりあなたの悪口言ってたわよ」

その瞬間、羞恥から顔が熱くなるのが分かった。そもそも帝人さんが利用している薬局では、ヘルプとして数度働いただけ。悪口なんて言われる筋合いはない。

「ねぇ、福田さん」

先ほどまで愉快げに弧を描いていた帝人さんの唇が、不意にキュッと結ばれる。

「響ナナって、知ってる？」

この部屋に来てから、予想外のことばかりが起こっている。私は、帝人さんが響ナナの動画をＳＮＳで紹介したと知っている。けれど、彼女のほうからその名前を出してくるなんて、どう考えても違和感しかない。

だって、私は自分が響ナナのファンだと帝人さんに話したことはないのだから。

「福田さん、近々あの子から訴えられるわよ」

「は、はぁ……!?」

「最近アップされた動画見た？　誹謗中傷の件で法的措置をとることにしたってヤツ。あれ、福田さんのことよ」

「うそ、嘘です！　私は昔から彼女のファンで、応援コメントしか投稿してません！　一回も中傷なんてしてない！」

身体に力が込もり、喉奥がぎゅうっと絞られる。掠れ声で必死に反論したけれど、思った以上に弱々しい声量だった。

「ナナちゃん、泣きながら私に相談してきたわよ。彼女と知り合ったのはつい最近だけど、あんな良い子を傷つけるなんてどうかしてる」

「ちが、違う、何かの間違いに決まってる……！　だって私は、彼女が誰からも相手にされていない頃から、ずっと応援してあげてた！　訴えられなきゃならないなんて、そんなのおかしいわよ!!」

既に私は、正気を失いかけていた。帝人さんが精神疾患を患っているという事実を世間に公表しない代わりに、私への嫌がらせをやめさせる。そんな取引を持ちかけるためにここへやって来たのに、事態は好転するどころかさらに悪化の一途を辿っている。しかも、私にかけられた全ての罪は、完全なる濡れ衣なのだ。この期に及んでなお、冷静に話し合えというほうが土台無理というもの。

「……あなたって、可哀想な人ね」

　虚ろな瞳で帝人さんに視線を向けると、あろうことか彼女は私を憐れむように見つめていた。

「私が……可哀想？」

　そんなことはあり得ない、私は何も可哀想ではない。いつだって、私は施す立場だった。幼稚園も小学校も成人してからだって、可哀想な人に手を差し伸べてあげるのが『優里』という人間であり、それが成立するのは私が優しいからに他ならない。


　——ああ、可哀想に。

　それは、私が使う言葉なのだ。


「私、あなたがここに来る直前にＳＮＳをアップしたの。私が精神疾患を患ってることも、薬を常用していることも、それを今まで必死に隠してきたことも何もかも、全部打ち明けた」

「え……？　人を平気で虐げられるような性格のあなたが、自分から弱みを晒したの？」

　驚愕の表情で帝人さんを見つめると、彼女はふんと鼻先で一蹴した。

「福田さんみたいな人に脅されるくらいなら、自分からバラしたほうがマシよ」

「性悪女っ……!!」

ピカピカに磨かれたローテーブルに勢いよく拳を叩きつける。それはなんの効力もなく、ただヒリヒリとした手の痛みが、私を残酷な現実に引き戻しただけだった。

「そうよ？　私って性格悪いし、人の幸せとか嫌いだし、アンチは消えろって毎日祈り捧げてるし」

帝人さんはなんの悪びれた様子もなく、艶やかな長い髪をパサリと後ろへ流す。憎らしいその仕草さえ、どの角度からでも映えて見えた。

「ヒメをいじめてストレス発散していることも、悪いなんて思ってない。でもあの人だって、抵抗してないじゃない。本気で嫌なら、嫌だって言えばいい」

「それは、あなたが怖いからでしょう⁉　嫌だって言ってやめてもらえるような環境なら、彼女だってとっくにそうしてる！　もし耐えられなくなって命を絶ったりしたら、責任取れるの⁉」

「そこまで追い詰めたりしてないわ。別に死んでほしいなんて思ってないし」

まるで、ＳＮＳの投稿を気まぐれに書いたり消したりしているくらいの、軽々しい言い草。彼女の思考が、私には理解できなかった。どこをどう切り取っても、彼女より私のほうが悪である部分が見当たらない。

大勢の人間に恨まれているのは私ではなく、間違いなくこの女だ。

「……さすがは女王様だわ。考え方が腐ってる」

「私からしてみれば、自分を善人だと勘違いしている福田さんのほうが、よっぽどタチが悪いと思うけど」

尊大な態度を崩さない帝人さんは、どこまでも私を小物扱いする。思えば最初からそうだった。低層階専用のエレベーターを待つ私を、鼻で笑いながら見下していた。彼女の考え方は、どこまでいっても変わらない。話し合うだけ、時間の無駄なのだ。

「……もう、けっこうです。これ以上あなたと同じ空間にいたくありません」

ふらりと立ち上がり、ガラス張りの窓の外を見つめる。開放感に溢れた、成功者しか眺めることのできない景色。

けれど今の私には、ここが身動きの取れない監獄にしか思えなかった。必死に手を伸ばし助けを求めても、それは虚しく空を切る。これが、彼女が精神を壊してまで望んだ世界なのだろうか。

「この先も心の病を抱えながら生きていかなきゃならないのですね」

「アンタだって十分病気よ」

鋭い瞳でこちらを睨みつける帝人綾女を、もう綺麗だとは感じなかった。

第五章『炮烙（ほうらく）』

「私は可哀想じゃない、私はいつも誰にでも優しくて、正しくて、そうあろうと努力して……」

誰もいないはずの眼前に、一人の女がこちらを見つめている。それはひたりと私の頬に掌（てのひら）をつけ、そっと耳元に唇を寄せる。まるで甘美な愛の言葉でも囁くように、一つ一つゆっくりと言葉を紡いだ。

——ああ、お前の嘘がようやくバレたね。

「嘘？　私は嘘なんて吐いてない！」

——もう、楽になっていいんだよ。

「やめて、やめて、デタラメ言わないで！」

——辛いね、可哀想だね、私が助けてあげるね。そんな風に言いながら、本当に救われていたのは一体どちらなんだろうね？　お前はずっと、自分より不幸な相手を探して、安心していたんだ。

「違う！　人に優しくするのは、私の、私のっ……！」

——存在意義なんかじゃない。ただの自己満足。お前に救いなんて、誰も求めちゃいない。

なんの価値もない可哀想な人間はお前だよ、偽善者。

「いやあああぁ!!　来ないで、こっちに来ないでぇぇ!!」

辺りの空気が震えるほどに叫んだような、掠(かす)れた呻(うめ)き声が微かに漏れただけのような、おかしな感覚。ぼうっとしていた視界がだんだんと開けて、今自分のいる場所がリビングのソファなのだとようやく認識することが出来た。

はあはあと必死に酸素を求めながら、辺りを見回した。先ほどまで見ていた悪夢のせいで、今は誰かに側にいてほしくて堪(たま)らないのに、その願いが叶うことはない。

机上にある二通の封筒。一つは、プロバイダから送られてきた発信者情報開示請求に係る意見照会書。帝人さんの言う通り、響ナナは私を本当に誹謗中傷で訴えるつもりらしい。私がこれに同意せずとも、相手方が裁判手続きをとりそれが認められれば、私がいくら拒否しようとも意味はなくなるのだと、ネットに書かれていた。

こんなものが届いた時点で、私が一人で抱えられるキャパを大幅に超えているけれど、それよりもさらにダメージが大きかったのが、もう一つの封筒。

これは誠一さんから私に宛てられたもので、中には離婚届と数枚の写真、そしてごく簡潔な文面の手紙が入っていた。離婚届には既に夫の欄が記入してあり、私がここに書き込めば私達は一瞬で他人となる。

写真は、マンションや職場に貼られていたものと同じ。いや、それよりももっと酷かった。本間くんとで笑い合いながら公園で話していたり、親密な距離感で見つめ合っていたり、ベッド上で裸で唇を重ねていたり。

もしも逆の立場だったら、これだけの証拠が揃っていれば確実に浮気だと思うだろう。実際、誠一さんからの手紙には慰謝料請求の旨と、一週間のうちに今住んでいるこのマンションを出て行くようにとも記載されていた。

事実だけを淡々と並べた、温もりの欠片も感じない文章。もう、彼の中では私など妻でもなんでもないらしい。

今のマンションに住むことができているのは、誠一さんのご両親が不幸な事故に遭い、その遺産の全てを長男である彼が譲り受けたから。出て行けと言われれば、それに従うより他はない。

「せめて最後くらい、顔を見て話してよ……」

何もする気になれない。真っ当に生きていた私が、なぜこんな目に遭わされなければならないのか。

帝人さんはこの一連の嫌がらせは自分ではないとシラを切っていたけれど、そんなはずがない。私がたくさんの人に恨みを買っているなどと宣(のたま)い、姫宮さんの件に関しても反省の色が見られない。

帝人さんが自ら精神疾患を患っていることを公表したＳＮＳの記事はおおいに荒れ、同情を買うための嘘だとか、散々リア充アピールしてきたくせに今さらだとか、心ない中傷も目立った。それでも、一部のファン達は勇気ある行動として彼女を賞賛し、結果として現在のフォロワー数が遂に百万人を突破したらしい。

結局私が起こした行動はなんの意味もなく、本間君の隠し撮りによりいっそう私が追い込まれただけという形で幕を下ろした。

この先一体、どうすればいいのか。私の卑猥な写真は既に世界中に拡散され、外出することすら恐怖となった。マンションの管理会社からも連日着信が残っているが、何を言われるのだろうと想像すると怖くて出られない。

そんな中で、姫宮さんだけが私を案じるメールや電話をくれる。帝人さんのバッグにボイスレコーダーを仕込むようにと私に勧めたのは彼女だったので、恨む気持ちは多少なりともあった。

けれど、それはもう水に流すと決めた。今の私には、姫宮さんという友人が必要だったのだ。

「私は悪くない、私は何もしてない、私は……」

洗顔すらしていない顔はピリピリと突っ張り、大理石の床には抜け落ちた髪の毛があちこちに散らばっている。引っ越してきた当初は、こんなに素敵な部屋に住めるなんてと夢見心地だったけれど、最上階のペントハウスを目の当たりにした後では、全てが霞んで見えた。

なにをする気力も湧かず、ただ手の甲を歯でガリガリと噛みながら虚空を見つめていると、不意にスマートフォンが震え始める。

視線だけをチラリと動かすと、それは姉である聡美からの連絡だった。

「そうだ、家族……。私には、まだ家族がいる」

漆黒の闇に差し込んだ、一筋の細い光。事故で障がいを負うことになった可哀想な姉を、私はこれまで献身的に支え続けていた。きっと、今度は私を救ってくれるはずだ。

「もしもし、優里？　ネット見たけど、大変なことになってない？」

「……ありがとう、実は今お金と住む場所に少し困ってて」

しばらくの沈黙が流れた後、あろうことか彼女は喉の奥から搾り出すような声でくつくつと笑い始めた。

「お、お姉ちゃん……？」

「やっと……。ついに私が報われる時がやって来たのね!!」

あまりの衝撃的な態度に声を上げることも忘れ、私はただ呆然とスマートフォンを耳に当てている。そんな中で、姉の嬉々とした声がさらに私の心に追い打ちをかけた。


――ざまあみろ。


「どうして……、どうしてそんなこと言うの!? お姉ちゃん、酷いよ！ 私はずっと、身体の不自由なお姉ちゃんのために尽くしてきたのにっ……！」

先ほどまでの気怠さが吹き飛び、半ば叫ぶように訴えかけた。けれど彼女は、そんな私を嘲笑するだけ。

「優里だって、私のことずっとそう思ってたんでしょ？ 優しくするフリしながら馬鹿にして、見下して、自尊心を満たすために利用してたじゃない」

「そんなことない！ 私は、お姉ちゃんが可哀想だと思ったから……」

「ほら、それよ。アンタのそういうところが、昔から吐きそうなくらい嫌いだった。なんの取り柄も魅力もない、努力もしないあんたが、私に勝つ方法なんてそれしかないもんね」

これが、実の姉から発せられている言葉なのかと、耳を引きちぎってしまいたくなる。私が辛い現状にあると分かっていて、わざとこうして追い打ちをかけている。

悔しいけれど、それは効果てきめんだった。今すぐに姉の頬を思いきり殴ってやりたいほど、私の心中は壮絶な怒りと憎しみに満ちていた。

「ああ、スッキリした。アンタみたいな偽善者にはいつかバチが当たるだろうと思ってたけど、まさかここまで盛大なオチとはね。絶対単独犯じゃないでしょ、これ」

「……私が今までどんな思いで、お姉ちゃんに手を差し伸べてきてあげたと思ってるの？　恩を仇で返すような真似して、絶対に許さないから」

激しい憎悪に全身がビクビクと震える。彼女は身体が不自由で、思い通りにいかない苛立ちを私にぶつけているだけだと必死に自分に言い聞かせようとするけれど、どうしても上手くいかなかった。

「手を差し伸べたって、なに馬鹿なこと言ってるの？　アンタが今まで、わざと私にリハビリを受けさせなかったこと、知ってるんだから」

「お姉ちゃんが自分で選んだことじゃない！　私は、お母さんに無理をさせないようアドバイスしただけよ！」

交通事故は、確かに不慮の事故だった。彼女は身体以上に心に深い傷を負い、だからこそ私は献身的に支え続けた。だって心が壊れてしまえば、それこそ全て終わってしまうのだから。

「そうね。確かに、自棄になって優里の言葉を信じた私も馬鹿だった。昔から分かってたことだったのにね、アンタが本当は優しくない人間だって」

「そんな、酷い……！」

思わずドン！　とテーブルを叩いても、姉は少しも怯まない。見えないはずの嘲笑が目の前に現れた気がして、悔しさに奥歯を強く噛んだ。

「これから先の人生、詰まないようにせいぜい頑張って。って、もう無理か！　ネットにあんな写真ばら撒かれて、旦那からの慰謝料請求に加えて、誹謗中傷で訴えられようとしてるし、あの帝人綾女まで敵に回してるんだもん。どう見ても詰み、だね！」

まるでバラエティー番組でも見ているかのような軽さで、姉がキャッキャとはしゃいでいる。

私は戦慄し、目を見開いた。

「どうして、お姉ちゃんがそこまで知ってるの……？」

だって、あり得ない。二通の封筒が送られてきたのは昨日で、私以外には誰も知り得ない情報であるはず。

「さぁ？　自分で考えたら？　じゃあね、バイバイ」

「ち、ちょっと待って、お姉ちゃん……！」

一方的に切られた電話からは、もう姉の声は聞こえない。たとえるならばそう、いつか行った縁日の金魚掬い。薄い薄いポイを、破れないよう一生懸命に水につけて、縦横無尽に動き回る金魚を捕まえる。

夢中になればなるほどに、ポイは深く沈み、やがて破れ、役には立たなくなる。透明なお椀の中にはたった一匹だけ捕まえた金魚がいて、幼い頃の私はそれをただジッと見つめていた。

「自由を奪われて、可哀想ね」

奪った張本人である私が、金魚に向かって言うのだ。可哀想、可哀想、ホントに可哀想。群れを成す他の金魚達も、すぐに破れた薄っぺらいポイも、夢中になったせいで濡れた浴衣の裾も、何もかもどうでもいい。そのたった一匹を、私はいつまでも哀れんでいたのだ。

「……ふふっ」

おもむろにテーブルの上に手を伸ばすと、封筒をグシャッと握り潰す。そんなことをしてはダメだと、もう一人の自分が必死に自分のそでをつかんで引き留めているのを、私は全力で払い除けた。

「どいつもこいつも、勝手なことばーっかり。誰からも相手にされない哀れで可哀想な人達を、私はただ救ってあげただけなのに。善意からくる優しさだって、どうして誰も分かってくれないの？」

私は、優しい子なの。そうじゃなきゃダメなの。そうじゃなきゃ、そうじゃなきゃ。

――他に、誇れるものがない。

茫然自失状態のまま、私はただひたすらに目の前の紙切れを千切っていく。それはあっという間になんの効力もないゴミとなり、ぱらぱらと辺りに散らばった。

そんな私の横で、再びスマートフォンが震える。もう誰の声も聞きたくなくて、電源を切ってしまおうと手を伸ばした。けれど表示された名前を見て、私は半ば無意識のうちに指でタップしていた。

「福田さん、大丈夫ですか？　あれから何度か連絡しましたが繋がらず、自宅まで伺っても反応がなかったので心配していたのですが、ようやく声が聞けて安心しました」

「麗子さん……」

どうしてだか、ひどく安心する。姫宮さんだけは私を裏切らないと、そう信じているからなのだろうか。どれだけ酷い仕打ちを受け、たとえ家族から裏切られようとも、たった一人の他人に救われる。

やはり、私の今までの行いは無駄ではなかったのだと証明されているようで、ぐちゃぐちゃに散乱した心のピースが少しずつ整理されていくような気がした。

「私、もう限界なのっ……！　何もしていないのに、どうして私ばっかりこんな目に……」

「大丈夫です。私がなんとかしますから」

普段ボソボソとしていて聞き取りにくい喋り方の彼女が、今はハキハキと明瞭に話している。電話越しでも、姫宮さんの純粋な好意が伝わる。

「実は、証拠を掴むために帝人さんを尾行していたんです。福田さんが教えてくれた特徴によく似た男性と彼女が、今マンションの吹き抜け付近で話しています」

「本間君と帝人さんが？　やっぱりあの二人は、繋がっていたんだ……。知らないなんて白々しいことを言って、とんだ嘘吐きね！」

私の善意を利用したあの男も許せないけれど、裏で全て手を引いていたのは帝人綾女で間違いない。反省する素振りなど微塵も感じられない彼女に対し、私が遠慮する道理などどこにもない。

「……許せない。あの女だけは、絶対に」

ハリボテの女王に鉄槌を下すのは、この私だ。

「証拠として、今動画を撮っています。福田さんが来て二人を問い詰めれば、尻尾を掴めるかもしれません」

「分かった、今すぐそっちに行く」

「電話は繋いだままにしてください。二人に何か動きがあれば、すぐに報告出来ますから」

顔を洗う余裕も、髪をとかす時間すら惜しい。スマートフォンを手に持ったまま、適当なサンダルを履いて玄関を飛び出した。

エレベーターを使わず非常階段脇を駆け下り、姫宮さんから聞いた通り一階の吹き抜けへと急いだ。ウチのマンションは外廊下ではなく内廊下の構造となっており、吹き抜け部分から見上げると、中々に壮観なものを見ることが出来る。

噴水やベンチ、一段高い場所にはグランドピアノまで設置され、まるで一流ホテルのラウンジのような雰囲気。こんな場所で密会など、私を馬鹿にしているとしか思えない。

「麗子さん、着いたよ。今どこにいるの?」

辺りを見渡しても、身を隠しているらしい彼女は当然ながら見当たらない。なるべく目立たないよう、口元を手で覆いながら小声で問いかけた。

「福田さん。私のことが、見えませんか?」

一刻も早く二人の密会現場を押さえたいのに、姫宮さんはそんなことを尋ねてくる。

「見えないわ。いいから、早く教えて」

焦燥感から苛立ちを覚えつつ、口早に返事を急かした。そんな私とは対照的に、彼女はいたって冷静な口調を崩さないまま。

「分かりました。今すぐにそちらへ……」

「麗子さん? なんだか声が遠く」


——逝(い)きますね。

ほんの少しの異変を感じ真横を向いた瞬間、ドサリという鈍い音が間近で響いた。いや、そんな生易しい擬音語では片づけられない。天候に左右されないはずの吹き抜けに、一陣の風が吹く。それを疑問に感じる間もなく、何かの潰れる生々しい音が私の鼓膜を支配した。

グチャリ、ゴキリ、ベチャッ。それは大袈裟でもなんでもなく、私のすぐ側での出来事。激しい血しぶきとなんらかの液体が、勢いよく私の頬に飛んだ。

「え……？」

一瞬にも、一生にも思える時間。ゆっくりと下に顔を向けると、そこにはうつ伏せの状態で一人の女性が倒れていた。

私がそれを姫宮麗子だと判断したのは、以前二人で買い物に出掛けた時に私が選んであげた服を着ていたから。それ以外に、判断材料などない。衝撃で飛び出した脳からは、絶えず脳漿(のうしょう)が漏れ出しており、恐らく顔面もグチャグチャに潰れているのだろう。

飛び降りというものは、意外と手足はバラバラにならないらしい。あらぬ方向に曲がってはいるが、きちんと胴体にくっついたままだった。

「れ、麗子さ……」

叫び声を上げたのは他の住人で、私はぺたんとその場に尻餅をついたまま、潰れた彼女から目を離すことができなかった。時折ピクピクと痙攣(けいれん)しているように見えるのは、決して生きている証ではない。

たった一人だった悲鳴が広がり、辺りは騒然とする。それは、以前私の写真がばら撒かれるという騒動よりもずっと騒然としており、これであの件は風化するかもしれないなんて、ホッと胸を撫で下ろす自分がいた。

次の瞬間、なぜか私は無意識に手を伸ばそうとして、そこで意識が途切れる。ゆっくりと目の前が暗くなるのではなく、まるで乱暴にコードを抜かれたテレビのように、ブツンと遮断された。


「ん……、ここは……？」

ツンと鼻をつくのは、消毒剤の臭い。自身の身体に真っ白なシーツが掛けられていることに気づいた私は、自分が寝ているのは病院のベッドなのだと理解する。

そして次の瞬間、身体の底から反射的に湧き上がる吐き気に抗えず、盛大に嘔吐物を吐き散らした。

「福田さん、大丈夫ですか？　ああ、仰向けにならないでください！　窒息してしまいますから」

ナースコールのボタンを押すよりも先に、看護師が私の異変に気がついた。すぐさま処置が施され、汚れた服は病院着に替えられる。念のため、今日一日は病院で過ごすようにと、様子を見にやって来た医師から　言われた。

「自殺現場に居合わせたんですって？　可哀想に」

ふくよかで意地の悪そうな人相をした中年の看護師にそう声をかけられ、再び胃の中の内容物がせり上がってくるのを、必死に耐えた。指の一本、呼吸の一回、一瞬の思考の間にさえ、あの光景が浮かんでくる。

ドローンで撮影されたライブ映像のように、見てもいない角度からの落下シーンが、なぜか鮮明に記憶されていた。想像か現実かの区別すらつかないほどに、私の情緒はグチャグチャに崩れていた。

その日から三日間、私の身体はあらゆる摂取物を拒否し続けた。経口による食事や飲水はもちろんのこと、点滴を受けていても吐き気が治らない。胃液すらも吐けなくなり、ただひたすらにえずきそうになるだけで一向にスッキリしない。結局、一日だけという話だった入院も、退院できたのは五日目の朝だった。

「あの件で心的外傷を受けてしまうのも無理はありません。精神科への紹介状をお渡ししますので、受診されてみてはいかがでしょうか」

医師から手渡されたそれを、私は乱雑にバッグの奥へと押し込んだ。不意に視界に映った自身の手の甲は、噛み跡でボロボロに傷ついていた。

精神科を受診したところで、記憶の改ざんなどできない。姫宮麗子が、私の目の前で飛び降りて死んだという事実を変えることは不可能なのだ。

もう二度と、あのマンションには足を踏み入れたくない。退院後、ふらつく足取りで適当なビジネスホテルをとり、ベッドの上に寝転んだ。額には前髪が張りつき、じっとりとした空気が不快感となって私を襲う。

「どうして自殺なんて……」

そう呟いた瞬間、グシャリという肉塊と骨が砕ける音がすぐ側で響いた気がして、私はすぐさまトイレへ駆け込んだ。

「う、おえぇぇっ……、げえっ……」

彼女の身体は、奇跡的に私にぶつかることはなかった。巻き込み事故は免れ、外傷はただの一つも見当たらない。本当に運が良かったと、入院中に医師や看護師から何度も励まされた。けれど本当に、幸運だと言えるのだろうか。彼女が頭から逆さまに落下し地面に叩きつけられるその直前、視線が絡み合ったような気さえするというのに。

姫宮麗子が飛び降りたのは、約四十階の高さから。そんな所から落ちれば恐怖で途中で意識を失うのではないだろうか？　脳の裏側にこびりついて離れない、ぬるりとしたあの視線と、弧を描いた口元。この世とあの世の境目で、彼女は確かに私を見つめていたのだと、そう思わずにはいられないのだ。

退院後、警察から連絡があった。姫宮麗子の自室からは遺書が発見され、そこにはごくありふれた文面が綴られていたらしい。つまり、彼女は人生に疲れてしまったと。

私以外にも目撃者は多数、自ら身を投げた瞬間も監視カメラに映像が残っていた。事件性はなく、自殺ということで処理されたらしい。私が疑われているわけではなく、ただ目撃者Ａとして調書をとらせてほしいという話のみだった。

　自殺の詳しい原因については現在調査中とのことだけれど、遺書が残されている以上警察も深掘りはしないのではないかと予想している。


　――姫宮麗子は、帝人綾女から酷(ひど)いいじめを受けていました。彼女から受けた精神的苦痛が、自殺の要因となっているはずです。


　もしも私が証言すれば、帝人さんは詳しい取り調べを受けるだろうか。姫宮さんの無念を晴らすには、真相を明らかにするより他はない。けれど私は帝人さんに弱みを握られており、下手を打てばこちらが陥れられる。

　それに私には、片付けなければならない問題が山積みで、正直なところこの件にかまっていられる余裕がなかった。

「肉を切らせて骨を断つ、か……」

　いつか習ったことわざが、ふと脳裏をよぎる。こんな言葉を使う場面に遭遇するような人生ではなかったのにと、いくぶん伸びた爪でガリガリと手の甲をえぐった。

　姫宮さんは、ただの自殺ではない。私は彼女に呼び出されて、あの場まで足を運んだ。帝人綾女と本間アザミの密会現場を押さえたから、今すぐに来てほしいと。

そんなタイミングでいきなり命を絶つなどあり得ないし、そんな素振りもまったく感じられなかった。きっと二人に見つかったのかもしれない。そして口封じのために、自殺に見せかけ殺された。これは、立派な他殺なのだ。

私もいつか、姫宮さんのように殺されるかもしれない。社会的に抹殺するだけでは飽き足らず、命までも奪われてしまう。そうなる前に、私が彼女を手にかけてしまおうか。

もう、まともな思考回路などとうの昔に手放してしまった。女王気取りのあの女が、私の慎ましやかな人生を邪魔したのだ。一人なんのダメージもなくのうのうと暮らしているなど、そんなことがまかり通ってたまるものか。

「いいえ、違う。これは私だけじゃなく、麗子さんのためでもあるんだ。失われた彼女の命をなんとも思わない帝人綾女に、二人で思い知らせてやるのよ」

私が握っていた彼女の弱みは、今やなんの効力もない。追い詰めるためには別の材料が必要で、それは身を切る覚悟でなければ成し得ないもの。

帝人さんになくて、私にあるもの。それは『優しさ』なのだ。これだけボロボロに傷ついてもなお、私は自分の在り方を決して見失わない。無念でならないだろう姫宮さんの魂を、私が救ってあげたいと思う。

「……ふふっ」

ああ、なんて可哀想な人。彼女は私にそう言ったけれど、本当に哀れなのは帝人さんのほうだ。

グチャグチャだった思考が、少しずつ整っていく。私は昔から寸分狂わず、私のまま。力の弱い人にも分け隔てなく手を差し伸べる、優しい優里。

正しいのはどちらなのか、それを証明するため。ずっと電源を切っていたスマートフォンを起動させる。私を責めるような煩わしいメッセージも電話も一切を無視して、ある人に向けてリダイヤルボタンをタップした。いつの間にか、不思議と嘔気（おうき）は感じなくなっていた。

黒いカットソーとスカートに身を包み、私は姫宮さんの自宅マンションへと足を運んだ。全身が小刻みに震え、脚が前進することを拒絶する。喉元まで込み上げる胃液を飲み込んで、私は思考を放棄した。

毎夜、毎時間、毎分、毎秒。それはまるで呪いのように、五感全てがあの日のことを鮮明に記憶している。

肉と骨が混ざる音、なぜか輝いて見えた瞳、瞬時に広がる錆臭い臭い、鉄を直接舐めたような味が口内に広がった。そして、思わずその場にへたり込んだ私の指には、赤にも青にも緑にも見える彼女の中身が、ぬるりと纏わりついたまま。

「……違う、私は悪くない。全部帝人綾女のせいだ」

ぶつぶつと呟く。帽子を目深に被っているせいか、それとも既に私のことなど誰も覚えていないのか、道中気づかれることはなかった。

「わざわざ足を運んでくださり、ありがとうございます。どうぞ中へ」

姫宮さんの母親には、何度か会ったことがある。晩年に授かった子らしく、彼女はとても可愛がられていた。

私があまり好んでは食べない甘納豆や饅頭を緑茶と共にお盆にのせ、ニコニコしながら「麗子ちゃんとお友達になってくれてありがとう」と頭を下げられた。

以前に会ったときも、私の祖母と同年代に見えていたけれど、眼前の彼女はさらにしわがれた老婆にも見える風貌だった。

目元は落ち窪み、顔色は土気色で生気が感じられない。ゴボウのような細い腕で、お盆にのった湯呑みがカタカタと不安定な音を立てていた。

「麗子ちゃん、福田さんが来てくれたよ」

辺りには、むせ返るような線香の匂いが充満している。このマンションの雰囲気には似つかわしくないと思いながらも、私は姫宮さんの遺影に向かって丁寧に両手を合わせた。もっと写りの良い写真はなかったのかと問いたくなるほど、暗く澱んだ表情でこちらを見つめている。

遺骨はまだ埋葬されておらず、位牌の横に大切そうに置かれている。人間の死後は、こんなにも小さなスペースに収まってしまうのだと、私はなんとも言えない気持ちで心臓の辺りに手をやった。

「この度は、心よりお悔やみ申し上げます」

「ご丁寧に、ありがとうございます」

　これほどまでに外見と声が一致することも珍しいかもしれないと、当たり障りのない笑顔を浮かべながら思う。小さく弱々しく、吹けば飛んで消えてしまいそうだった。

「大変痛ましいことになってしまい、ご家族にはなんとお声かけをすればいいのか、言葉もありません」

「……いえ。こうして福田さんに会えただけで、私はもう充分です」

　姫宮さんの母親の視線は、ずっと斜め下を向いたまま。目線が絡むことはなく、私も落ち着かないままに言葉を続けた。

「電話でもお伝えしましたが、私は姫宮さんの死の真相を明らかにしたいと思っています」

「ええ、分かっています。麗子ちゃんは単なる自殺ではなく、ある特定の人物に陥れられたのだと」

　その言葉に、私は重々しく頷(うなず)いた。先日の電話越しでの彼女はやけに声のトーンが高く、少々不気味にも感じた。けれど、最愛の娘の死をただの自殺で片づけられ、きっと絶望に打ちひしがれたのだろう。

　私が持ちかけた話は、姫宮さんの母親にとっては暗闇に浮かぶ一筋の光だったのだ。

「私達が力を合わせれば、あのしたたかな帝人さんにもきっと打ち勝つことができます。麗子さんの唯一の友人である私が、必ず彼女の無念を晴らしてみせます」

「……麗子ちゃんは、いつも言っていました」

彼女は虚ろな瞳に、姫宮さんを浮かべていた。もう隣にはいない娘を思うと、いくら悔やんでも足りないだろう。麗子ちゃんと名前を呼ぶ時だけ、肉づきのない頬が微かに持ち上がった。

「福田さんは、とても優しい人だと」

「そんな……。それは彼女も同じです。辛い目に遭った私を、いつも励ましてくれました。私達は、友人であり同志でもあったんです」

そう、共通の敵に立ち向かう仲間。姫宮さんの死は、決して無駄にはしない。

私は改めて背筋を正すと、まっすぐに前を見つめた。

「警察は、姫宮さんの自宅に遺書が残されていたと言っていました。けれどそれは、本当に彼女の本心が書かれたものだったのか、どうしても腑に落ちません」

姫宮さんは、常に帝人さんの動向に目を光らせていた。なにか彼女にしか知り得ない秘密があるのなら、私は今度こそそれを世間に露見させるつもりだった。

それに加え、姫宮さんの母親が「娘は帝人綾女にいじめられていた」と証言すれば、確実にダメージを与えることができる。私だけの声は届かなくとも、被害者遺族となればさすがに無視はできないだろう。

もしも姫宮さんが本当にあの瞬間に自ら飛び降りたのだとしても、そこに第三者が関わっていることは明白なのだから。

　それが一体誰なのかを分からせるには、警察の捜査だけでは不十分だと感じていた。

「……実は、もう一通あるんです。私にだけ分かる場所に置かれてたもので、夫すら存在を知りません」

　私の真摯な態度が伝わったのか、彼女は微かに口を開いた。それを耳にした私の身体は震え、バクバクという心臓の鼓動が耳元で響く。やはり姫宮さんは、決定的な証拠を隠していたのだ。

「福田さんだけに、お見せします」

　いびつに爪の浮き出た指先が動いたかと思うと、姫宮さんの母親は三つに折り畳まれた白い紙を、ちゃぶ台の真ん中にそっと置いた。

「この中に、全ての真相が書かれていました。麗子ちゃんが最も憎み、その命をもって一矢報いようとした、忌むべき女の名前も」

　この部屋にやって来て初めて、眼前に佇む彼女と視線が絡んだ。ほとんど開いていない瞼がにたりと弧を描き、それに反比例するように口の端は下へ下がった。

　まるで、この場で今にでも爆発してしまいそうな憎しみを、必死に耐えているかのように。

　その姿を不気味に思いながら、その手紙を早く確認したい衝動を堪えきれない。

「どうぞ、ご覧ください」

　小さく頷いたのを確認してから、私はゆっくりとその手紙を手に取った。「お母さんへ」から始まり障りのない文面が続いていることに、微かな苛立ちを覚える。

それでもなお核心へと続く道のりを進んでいくと、少しずつ違和感が心に投げ込まれていく。

一粒一粒は、存在すら認識しないほどに小さな小石。けれどそれは確実に積み上がり、ふと気づいた時には城壁となって私の周りを取り囲んでいた。

「え……？　何これ、嘘。本当に、麗子さんが残したもう一枚の遺書が、これなの……？」

完全に、立場が逆転していた。喉笛が潰れたようにヒューヒューと空気が漏れ、夏という季節に反して寒気が身体を襲う。

まさかそんなはずはないと何度瞬きをしてみても、それはただの馬鹿がする仕草で、文面は一文字たりとも変わらない。

姫宮麗子は、私の味方。共通の敵は、独りよがりの女王・帝人綾女。揺るがないはずのその構図が、ガラガラと音を立てて崩れていった。

「福田さん」

この空間にただ一人ではなかったことを、今さら思い出す。距離は空いているはずなのに、耳元を這われているようなぬるりとした声色に、私は思わず小さな悲鳴を上げた。

姫宮さんの母親が、いつの間にか音も立てずに私の真横に佇(たたず)んでいる。彼女が一歩歩く度に、素足が畳にへばりつくぺしゃぺしゃという音が鳴り、私はそれをやけに不快だと感じた。

「麗子ちゃんの最大の敵が誰なのか、分かりましたか？」

「い、いや……。こっちへ来ないでっ……」

意思と関係なくボロボロと涙が溢れ出し、私の視界を遮る。思わず握り締めた手紙が、手の中で無惨に形を変えた。

「あの子がこれを私に託したのは、無念を晴らしてほしかったから。可愛い麗子ちゃんのためなら、地獄に落ちることなんて怖くもなんともないんですよ」

「わ、わたしは、私はずっと麗子さんを助けてあげたのにっ……！」

どれだけ叫び声を上げようとも、目の前の鬼には届かない。最愛の娘を死に追いやった憎い相手への復讐。ただそれだけが、この母親の生きる糧。

「ああ、可哀想に」

そんな台詞と共に、なんの躊躇いもなく彼女は私に包丁を突き立てる。ドラマのように叫ぶこともなく、見せつけるように振りかざすこともなく、ただ粛々と目的を遂行するのみ。

「は、あ、んぐうっ……」

言葉を知らない異形の生物のように、気持ちの悪い呻き声と共に、私はその場に転がった。

だからこの母親は、最初からずっと私の腹部に視線をやっていたのかと、どうでもいいことで一人納得する。姫宮麗子のもう一枚の遺書を見つけたその瞬間から、眼前に佇む彼女にはこの未来以外見えていなかったのだ。

「ゆうりは、やさしい、やさしい……って、みんなが……いって……」

　こんなことになるならばいっそ、私も飛び降りたほうがマシだったかもしれない。もし途中で意識を失えるとしたら、これほどの激痛を味わわずに済んだ。早く、早く解放されたいと、その一心で身を捩（よじ）る。

「……ふふっ」

　ああ。最期の最期で理解してしまうなんて、そんなのはあんまりだ。

　空っぽの自分を埋めたくて、惨（みじ）めだと認めたくなくて、私は常に生贄（いけにえ）を探していた。感謝されるたびに気持ちが良くて、それはまるで一種のドラッグのように、私の心を少しずつ蝕（むしば）んでいった。

「いちばんかわいそうなのは、わたし」

　それでもなお、私は生にしがみつこうと最後まで足掻（あが）く。助けを求めて手を伸ばしても、それは虚しく空を切るだけ。

　私だけが責を負わなければならないなんて理不尽だと、混濁（こんだく）する脳が必死に訴えている。だって、こんなのおかしいでしょう？　なぜ、たったそれだけのことで、殺意を抱かれなければならないの？

　確かに私は、苦しんでいる人間を利用したかもしれない。その結果、誰かを傷つけたこともあるかもしれない。けれど、人は綺麗事だけでは生きていけない。大なり小なり、誰にも見せない汚い自分がいるのは皆同じではないか。

帝人綾女は、人をいじめた。私は、誰一人としていじめたりしていない。それなのに、彼女は許されて私は許されないなんて。そんな結末はあんまりだ。

「もっと酷い人だって、いっぱい、いっぱい……」

ぐったりと力の抜けた掌から、何かが落ちる。とめどなく溢れ出す血の海に漂うのは、姫宮麗子の本当の思いが綴られた遺書。たとえ死んでも楽にはさせないとでも言いたげに、それはいつまでも私の脳裏に焼きついて離れなかった。

――私は、絶対にお前を許さない。

彼女が鼻にシワを寄せながら、にたりと笑っている気がした。

第六章『真誠』

私は、この姫宮麗子という名前が嫌いだった。名が体を表すという言葉がこれほど似合わない人間も、なかなかいないだろう。物心つく頃には、自分の容姿が人並み以下であると理解していたし、異性からも同性からも指をさされて笑われた。

最初は傷つき、隠れて泣いた。両親に話せば、特に母親のほうが過剰に騒ぎ立てると分かっていたから。容姿についてはもちろん、自身が高齢で私を出産したことを負い目に感じているらしい。

似合わない名前、可愛らしい服、常に私を甘やかす猫撫で声。そんな環境で育った私は、幸か不幸か物事を客観視する能力を身につけた。

抗（あらが）っても意味がないなら、受け入れるより他はない。からかわれても反論せず、ただ黙って受け流した。投げつけられる「ブス」も「デブ」も、全部本当のことだったので、違うと否定はできない。

やり返すには、私も同じように相手の欠点を探し、そこを突かなければならない。そんな面倒なことは時間の無駄だし、たとえ勝ってもなにも残らない。

「麗子ちゃんは、本当に優しい子ね」

母は、いつもそう言って私の頭を撫でた。その度に否定したくなるのを、グッと堪える。優しいとは、一体なんなのだろう。少なくとも、私のような人間を指す言葉ではないと、それだけは分かる。

優しいから、やり返さないのではない。優しいから、受け入れているのではない。私は、常に「デブでブスの姫宮麗子」という自分を演じているだけ。これはいわば究極のエゴなのかもしれないと、そう感じていた。

傷つかないための身代わりとして作った石の像が、いつしか本物になり変わった。その中で丸く縮こまっている私は誰にも認識されないまま、時間と共に消えていく。

きっと、他人には理解できない。されたいとも思わない。虚像を虚像と見破らないのなら、どれだけ悪意をぶつけられようともかまわなかった。

あれは確か、私が中学一年生の頃だっただろうか。その頃になると、私は母の悪趣味な服や小物から抜け出し、自由気ままな生活を謳歌していた。

見た目などどうでもよく、動きやすい格好が一番楽。髪がボサボサでも構わず、眼鏡だって分厚くても関係ない。友人などいなかった私は持て余した時間で絵を描くようになり、それが思った以上に楽しくてのめり込んだ。

学校では隠すようにしていたのだが、ある日間違ってイラスト帳がカバンに紛れ込み、私をいじめる集団にたまたまそれが見つかった。

「見た目だけじゃなくて、趣味までキモい」

まるで汚物を掴むかのように、指先で私のイラスト帳を高く持ち上げる。そんな彼女は、クラスの女王様だった。プライドが高く自信満々で、それに見合った容姿とスタイルを持ち合わせ、いつも輪の中心。

それだけ手にしていてなぜそんなに捻くれた性格なのかと問いたくなるが、私の知るところではないし興味もない。

私が「いじめられっ子の姫宮麗子」という石像をこしらえたように、彼女もまた同じように自身を防衛している。その手段が、私とは違うというだけなのだ。

「返してください」と乞う気もなく、私はただ黙って彼女の綺麗な指先を見つめていた。とはいえあまりに無反応だと余計にエスカレートして面倒なので、適当に嫌がる素振りをしておいた。

「アンタって見た目も中身も何も良いところなくて、生きてる意味ある?」

「生きてる意味……」

その時初めて、本当の私が顔を出した。意味はあるのかと問われれば、きっとない。だったら、別に死んでも構わないのではないか、と。

ぶつぶつと独り言を呟く私を気味悪く感じたのか、彼女達は最後吐き捨てるように「ブス!」と言いながら去っていく。子どもゆえの語彙の少なさを、可愛らしいとさえ感じた。

私はもう長い間「姫宮麗子」を演じ過ぎて、中身は空なのかもしれない。学校の屋上から飛び降りてもただ粉々に砕け散るだけで、血液も内容物も何もかも出てこなかったら、それはそれでおもしろい。

試してみようか、なんて。私が私に対して与えている命の価値は、それほどまでに軽かった。

「あの……。大丈夫？」

ふらりと立ち上がり、無意識に屋上へと一歩踏み出したその瞬間。控えめにとん、と肩を叩かれた。振り向くと茶色がかった瞳と視線がかち合い、彼女はニコッと人当たりの良さそうな笑みを浮かべた。

隣のクラスの、確か名前は福島優香。先ほどのカーストトップ集団とは違う、誰かの引き立て役にしかなれないような地味な女子。

「あの人達、酷いことするね。ケガはない？　えっと、名前は……」

「姫宮麗子です」

自身の中に初めて芽生えた生々しい感情と、僅かな高揚。それを邪魔され、私は内心彼女に苛立つ。

けれど次の瞬間、私はさらに禍々しく強大な感情を抱くことになる。なんの取り柄もない、いじめの対象にすらならないほどの、この女に。

「……ふふっ」

微かに弧を描いた唇は、私の名前を馬鹿にしたことからくる笑みだった。

「可哀想に。私だけは、あの子達とは違うからね」

福島優香は本音を隠し、私を救う女神のような顔をしてこちらに手を伸ばす。それは、どんな口汚い言葉で罵倒されるより何倍も私の心を震撼（しんかん）させた。こんなことは初めてで、自分自身すら戸惑っていた。

「私、優香って言うんだ！　優しいに香るって書いて、優香だよ」

「優しい……」

控えめにはにかんでいるように見えて、腹のなかは違う。福島優香は、その名前が自分にこそ相応しいと確信していた。

「これからは、私が友達になってあげる！」

もしも彼女が、なんの悪気もなくこの傲慢（ごうまん）な台詞を口にしていたのなら、私はここまでの憎しみを抱かなかっただろう。ただ頭が悪いだけで、純粋な性格なのだと。

けれど、この女は違う。その匂いを確実に嗅ぎとれたのはなぜなのか、自分でもよく分からない。

「……よろしく、お願いします」

気がつけば私はそう言って、にたりと笑みを浮かべていた。

福島優香が私にかまう理由はたった一つ、自尊心を満たすため。自分にはなんの能力もないから、他人を使って悦に浸る。カーストトップのグループに交ざれるポテンシャルなど持ち合わせていないと分かっていながら、それでも高みを諦められないのだ。

「福島さんは、優しいですね」

彼女の茶番につき合う私も、実に滑稽だと思う。けれどこうして、福島優香という人間を知れば知るほど許せなくなっていく。

「よく言われるんだけど、私はそんな風に思ってないんだ。可哀想な人を助けたいって、当たり前のことだもん」

嬉しそうに笑う彼女の容姿は、私とたいした差はなかった。だからこそ、優しさという武器を使う。それは本当の親切心からくるものではなく、感謝されることで自分は特別な人間だと感じられる、甘美な麻薬。

こんなに手っ取り早い方法はないだろう。だって、本人は少しも努力をしていないのだから。

「……本当に、福島さんのおかげです」

ずっと『姫宮麗子』という虚像の中でうずくまっていた私が、自らの意志で顔を出す。この女に出会って、初めて気づくことができたのだ。

私が何よりも許せないのは、私をいじめる強者でも、見て見ぬ振りをする弱者でもない。

――他人を使って特別になれたという勘違いをしている、偽善者なのだと。

その日は、稀に見る土砂降りだった。雨粒が地面に叩きつけられる音だけが辺りを支配し、黒板の前に立つ教師の声も満足に聞き取れない。廊下はビショビショに濡れ、足元に注意するようにと校内放送が流れていた。

そんな日に、福島優香は中庭に繋がる階段から足を滑らせて落ちた。頭部を強打した彼女は脳しんとうを起こし、意識を失った。すぐさま救急車で運ばれたが、それから三日間目を覚まさなかった。

そして、ようやく意識を取り戻した彼女は軽いもの忘れ状態に陥っており、事故当時の記憶が欠落している様子だった。さらには目眩（めまい）、吐気、頭痛などの後遺症に悩まされ、何週間もの間学校を休んだ。

「福島さん、大丈夫ですか？」

花束を片手に彼女の自宅を訪れると、まるですがるかのように私の腕を掴む。おそらく、ストレスと後遺症の恐怖に耐えられなかったのだろう。ポロポロと涙を流す福島優香は、私に手を差し伸べたあの時とはまるで別人だった。

「誰もお見舞いに来てくれないし、連絡もくれないの。あんなに優しくしてあげたのにっ……！」

「それは、酷（ひど）いですね」

「私にはもう、姫宮さんだけだよぉ……！」

涙と鼻水で顔をグチャグチャに歪(ゆが)めながら、あれだけ馬鹿にしていた私に「捨てないで」と懇願する。その無様(ぶざま)な姿を見て、あの時死を選ばずにいて良かったと心が歓喜に震えた。

私はそっと彼女の手を握り、ゆっくりと口角を上げる。そして、ずっと言いたかった台詞を噛み締めるように吐き捨てた。

「ああ、可哀想。福島さんって、なんて可哀想な人なの！」

その瞬間、彼女の中の何かが音を立てて壊れた。呼吸すら止まってしまったかのように、指の一本さえ動かない。

「哀れな人間に施しを与える自分」というアイデンティティーを失った今、福島優香の心は二度と元には戻らない。くつくつと喉を鳴らしながら、私はその場を立ち去った。

「別にバレても良かったんだけど、福島さんはよっぽど神様に嫌われてるのね」

土砂降りだったのも、目撃者がいなかったのも、もの忘れがひどくなったのも、全ては偶然が重なった結果。

あの日彼女の背中を押したのは、衝動的でもなんでもない。勝手に本当の私を引き摺り出そうとする偽善者を、自らの手で退けただけ。

決して綺麗な場所から動こうとしないあの女と、私は違うのだ。

この高層マンションに君臨する女王・帝人綾女は、まさにその名に相応しい人物だった。もちろん、中身が伴っているという意味ではない。容姿、スタイル、スペックなど、見た目に分かる部分が他者と一線を画していた。

両親は定年と同時に高層マンションを購入し、私もそこに住んでいた。イラストレーター、漫画家としてそこそこの固定ファンと実績をつけていたけれど、独り立ちする気はない。あの頃のように『ちょっと死んでみようか』という気概はなかったけれど、だからといって生に執着しているわけでもない。両親が他界したら後を追うのも悪くないと、ぼんやり考えていた。

このマンションは設備も空調も最新のもので、城としては快適そのもの。鳥肌が立ちそうなほどにしゃれた空間を私好みに作り変えたら、後はほとんど外出をする機会もないため、それなりに充実した毎日を過ごしていた。

ところが、母が体調を崩した日に私が一階の高級スーパーで買い出しをした帰りに、運悪く帝人綾女とぶつかってしまった。

彼女も体調が優れなかったのか酷(ひど)い顔色で、それを見られたことが気に食わなかったらしく、そこから目をつけられた。

SNSにアップすることだけを目的としたランチ会や、一粒が馬鹿みたいな値段のチョコレートがずらりと並ぶお茶会に呼ばれ、その都度恥をかかされる。

　彼女の周囲に集まる人間も総じて派手で目立つ女性ばかりで、学生時代はカーストトップの美少女にいじめられたこともあったなと、妙に懐かしく思えた。

　周囲からしてみれば、私は異常だ。こうしていい歳になってまで嫌がらせをされても、仕方ないと感じる。自身の中では『いじめられっ子を演じているプロ』という感覚が近く、一歩部屋に入れば一瞬でスイッチが切り替わるのだ。

　靴を脱ぐ、服を着替える、メイクを落とす。それらの行動と同列で、適当に嫌がるフリをしてはみせるが内心どうでも良かった。

　彼女達だって『ファッションいじめ』のようなもので、本気で危害を加える気はない、単なる憂さ晴らし。下手に拒絶してエスカレートするくらいなら、現状維持でかまわない。

　にしても、帝人綾女という人間は三百六十度どの角度から見ても完璧だった。幼い頃から、たくさんの目に晒されてきたのだろう。自身の魅せ方を熟知しており、私をいじめる時の歪(ゆが)んだ笑顔さえ美しいと思える。

　そんな彼女が、私のような人間で憂さ晴らしをしていることが不思議で堪らなかった。完璧な女王の闇に染まった心の一端を見ていると、同じ人間なんだという安心感すら湧いてくる。

　嫌がらせを受けている側が、する側に対してこんな感情を抱くなど、おかしいとしか思われないだろう。けれど、私は**そう**なのだ。

　要は許容範囲の違いで、何を許せて何が許せないか。ただそれだけの、シンプルな答え。

そうして粛々と毎日を過ごす中で、二十年の時を経て再び私の前に偽善者が現れた。福田優里という、奇しくもあの時の彼女によく似た名前。『優しさ』を笠に着たこの女は、歳を食っているぶん、福島優香よりもずっとタチが悪い。私にとって完全に『許容範囲外』の存在だった。

福田と初めて会ったのは、帝人綾女の主催するヌン活会でのこと。不釣り合いな高級品を身に纏い、必死に周囲と話を合わせているようだったが、明らかに釣り合っていない。周囲から馬鹿にされていることに、本人も気づいているようだった。

そして福田は会の間中、私のことを見つめていた。まるで、力のない小動物が自分よりも小さな虫を見つけた時のように。

「……可哀想に」

確かに、私の耳に響いた言葉。ああ、とても既視感があると、懐かしささえ感じた。

顔を上げるとほんの一瞬、福田優里と視線が絡む。ふいと逸らされたその横顔は、まるで親の仇のように憎らしく思えたが、同時にえも言われぬ感情を、私の心中に植えつけたのだった。

福田優里という人間は、私だけでなく常に自身より『下』の存在を探していた。

どこまでも私を憐れみ、友人として仲良くする素振りを見せながら、馬鹿にして満たされる。

帝人綾女など比べ物にならないほど、嫌悪感で頭がおかしくなりそうだった。

かつて福島優香を階段から突き落とした時と同じように、福田優里も目の前から排除すると決めるまでにさほど時間はかからなかった。

あの女は許可なく私の陣地を踏み荒らし、見事に地雷を踏み抜いた。だったら、爆発して粉々になろうと文句は言えないだろう。

「そんな勇気もないくせに、何が助けてあげるだよ」


——ふざけるな、偽善者。


電気もつけない真っ暗な部屋で、にたりと笑みを浮かべる。子どもの頃と同じことをするのではつまらない。どうせなら徹底的に、あの女を追い詰めてやると。

それからの私は、まるで別人のようだった。こんなにも才知が働く人間だったのかと、新鮮にすら感じた。

福田優里は、私が自分に感謝をしていると思い込んでいる。ずる賢いわりに浅慮(せんりょ)で、危機感がまるでない姿が滑稽(こっけい)で堪らない。

帝人綾女が精神疾患を患っているという、職場で知り得た情報をベラベラと得意げに話す顔は、私よりもよっぽど醜く見えた。

まず、福田優里という人間を徹底的に観察し、その交友関係や職場環境、実家の場所や出身校に至るまでしらみ潰しに調べ上げた。

彼女と関わりのありそうな人物のSNSのログ等を片っぱしから遡り、家族を尾行する。

適当な理由をつけて複数箇所の興信所にも依頼し、過去の素行や行動範囲を探った。

案の定この女はずっと昔から、他人を食いものにする偽善者として生きてきたらしい。孤立している人間に優しいフリをして近づき、自尊心を満たす承認欲求の化け物だったのだ。

SNSやメッセージアプリを使い、私は福田と関係性のある数人にコンタクトをとった。彼女から傷つけられているから、ほんの少しだけ協力してほしいと。私が想像する以上に、福田を嫌悪している人間は多かった。

人間とは不思議なもので、どんな悪党にも必ず一人か二人は、それを庇う人間が現れる。けれど、一見善人に見える人間が実は小狡い悪だった場合、庇う人間はほとんど現れない。

何人かで輪になり「雰囲気的に言えなかったけど、実は嫌いだった」という流れがどんどん伝染していく。

福田優里の交友関係も正にそれで、こちらがほんの少しきっかけを与えてやれば、日頃の彼女に対する不平や不満がボロボロと露見し始めた。

交通事故で半身不随となった姉、地元の友人、以前勤めていた職場の後輩や現在の同僚。自分から種を蒔くのは気が引けても、誰かが蒔いた種に水をやるくらいならできる。そうして私は、福田に不満を持つ人間に負担がかからない程度の協力を仰いでいった。

そんな折、偶然帝人綾女のファンだという男を見つけた。直接的な表現をすれば、気持ちの悪いストーカー。その男は雑誌の編集者で、以前帝人綾女と仕事をする機会があったらしく、彼女の熱狂的な信者だった。

私はその男を利用し、福田優里をさらなる地獄へ叩き落とす策を企てた。帝人綾女のフリをしてSNSでコンタクトをとり、弱みを握って自分を脅してくる女がいるから助けてほしいと頼んだ。

「一緒に仕事をした時から気になっていた、夫ではなくあなたにしか頼めない」とすがれば、まんまと騙されてくれた。

私は男に「本間アザミ」と名乗らせ、福田優里に接触させる。とにかく「優しいと褒めろ」と言うと、本間は上手く彼女の信頼を掴むことに成功したようだった。基本的にあの男には好き勝手やらせていたが、下剤入りの菓子を差し入れたり、執拗なストーカー行為に及んだり、果てはあんな写真を盛大にばら撒いたりと、期待以上の働きをしてくれた。

十二分に福田を追い詰めた後で、あの男との連絡を完全に断つ。そのことで逆上されようとも、矛先は帝人綾女に向かうだろう。

潰し合おうが、どちらかが殺されようが、私の知ったことではないのだ。

一方の私は、彼女の前では徹底して『可哀想な人間』を演じ続ける。一度懐に潜り込むことができれば、後は笑ってしまうほどに簡単だった。見下している人間への警戒心はゼロで、トイレに立つフリをして背後から覗き込めば、スマートフォンのパスワードもすぐに分かった。

福田がいない隙を狙ってそれを拝借し、あの女がよく見ているという動画クリエイターへ誹謗中傷のＤＭを頻繁に送った。鳩の死骸やハンカチなどの細々とした嫌がらせも、もちろん私だ。

福田の夫の職場へ電話をかけて「主人が社内不倫をしている」と騒いだり、福田の職場に無言電話をかけたり、これだけやりたい放題にしても全く気づかれない。さらに福田は、世間話や愚痴と称して他人の個人情報を恥ずかしげもなく私に漏らすので、それについてもキッチリとネットに書き込んでおいた。

ようやく異変に気づいた頃には、既にほとんど孤立状態。身に覚えのない本人は当然否定するが、周囲の悪意を上手く利用して少しずつ嘘を吐かせた。拠り所が必要となった彼女は、都合よく私に泣きついた。

帝人綾女は、私を『ストレス解消のおもちゃ』と位置づけた。それは何があっても揺らぐことはなく、どんなにどん底に突き落とされようが、私のような最底辺に助けを乞うくらいならば死んだほうがマシだと言うだろう。

けれど、福田優里は違う。最初は『自分より可哀想な人』、次は『利用できる人』、そして今は『よき友人』。これまでの自分の行いをなかったことにして、コロリと掌(てのひら)を返す。これを平然とやってのけることができるのは、この女の中に『助けてやった』という免罪符があるから。

つまり、自身が悪だという自覚がない。多少あったとしても、それはほんの些細(ささい)なもの。自分が犯したちっぽけな罪など、他人が犯した大罪の前では可愛いものだと、本気でそう思っているのだ。

「ああ。本当に嫌い、嫌い、死ぬほど嫌い！」

興信所に撮らせた何十枚もの福田の写真に、勢いよく包丁を振り下ろした。どちらがより悪か、そんなことはどうでもいい。私は帝人綾女の罪よりも、福田優里の「可哀想」が許せない。だから復讐する。ただ、それだけのこと。

福田の中に「犯人は帝人綾女」という確信を持たせることは、実に容易だった。彼女には、自分が恨まれているという自覚がなく、心当たりはそれ以外にないのだから。その猜疑心をさらに色濃くするため、私が次に目をつけたのは「響ナナ」という存在だった。

福田は、響ナナを「頑張っているのに芽が出ない動画配信者」として見下し、応援するフリをして悦に浸っている。どこまでも性根の腐った女だと思いながら、これを利用しない手はないとほくそ笑んだ。

あらかじめ、福田のスマートフォンから何度も響ナナへ誹謗中傷や殺害予告まがいのＤＭは送ってある。ほんの少しそそのかしてやれば、彼女は福田を訴えるかもしれない。けれど、それだけではつまらない。

見下していた存在が、日の目を見る。しかも、自分が崖っぷちに立たされている今この状況で。福田にとってこれほどの屈辱はないだろうと、私は早速コンタクトをとった。

響ナナと、もう一人は帝人綾女。本名ではなく活動している作家名を名乗り、この三名でコラボ動画をアップしようと持ちかけたのだ。

響ナナはもちろん私もたいして売れていないために、帝人綾女は当初この話を渋っていた。けれど、結局は帝人綾女も福田とは別のベクトルで承認欲求の化け物。

福田のリークにより、帝人綾女の精神状態は把握している。そして本人も、時折おかしな投稿をアップするような人間なので、いつどんな風に交渉を進めれば上手くいくのか、すぐに把握できた。

——煌(きら)びやかな投稿ばかりではなく、この機会に日陰者にスポットライトを当てるような活動をするべきです。あなたほど影響力のある人物であればそれは容易なことですし、きっと賛辞されるでしょう。

要は、アンチ層を取り入れようという意味だった。普段は容姿と金に物を言わせた鼻につくインフルエンサーが、子猫を拾って献身的に面倒を見る動画をアップすれば、普段からそういった行いをしている人間よりもずっと善人に見える。

その法則を用いて、ピアノ演奏という比較的好感度の高いコンテンツに加え、私がタイプ別に分けて「理想の恋人」がテーマのイラストを描く。サムネイル映えしやすく、かつ一定のオタク層も取り込むことができる。

そこに「あの帝人綾女が推している」というネームバリューを添えれば、もう完璧だった。

「悔しがれ、絶望しろ、もっと私を頼れ‼」

一日のうちに何度も、泣きながら私に電話をかけてくる福田に、内心笑いが止まらない。優しさだけがウリだった彼女は、自分が与えたと勘違いしている恩を誰からも返されることのないまま、罠にハマってもがき苦しんでいた。

ダミーの遺書とは別に用意した二通目の遺書を封筒に入れ、封をするためにベロリと舐める。これが、本当に最後の仕上げだ。あの女への怨念を大仰(おおぎょう)過ぎるほどに書き連ね、母だけが気づく場所へしまい込んだ。

「さぁ、私も準備しなくちゃ」

とても不思議な気分だった。あと数分もすれば、姫宮麗子という存在はこの世から消える。

にもかかわらず恐怖など微塵も感じられず、やっとしがらみから解き放たれるような高揚感すら覚えていた。

もしかしたら私は、二十年前死に損なったあの瞬間から、ずっと待ち望んでいたのかもしれない。福田への復讐など単なる口実で、きっと私は理由を探していたのだ。

「何もしていないのに、どうして私がこんな目に遭わなくちゃならないのっ……！」

後輩や同僚からは裏切られ、夫や家族からは見放され、好意を寄せた男からは嵌められた。今や福田は、私というとても頼りない糸にしがみつくより他はなく、これからその薄い望みもぷつりと切れる。

適当な理由をつけて、彼女をマンション一階の吹き抜けへと誘導する。一階から五十階まで、何百人もの人間が暮らしているこの空間は、端から見れば勝ち組の楽園なのだろう。

けれど、本当にそうなのだろうか。頂点に君臨する女王・帝人綾女ですら、心に病を抱えている。煌びやかな洋服に身を包み、毎週美容院に通うような華やかな女性達も、私のような底辺の存在をいじめることでようやく溜飲を下げている。

唯一許せないと思う福田優里も、端から見れば順風満帆で幸福な人生だろう。優しさと慈悲深さを持ち、誰にでも分け隔てなく接する素敵な人。

その実、身の丈に合わないプライドと自己愛を持ち合わせるがゆえに、他者を見下さずにはいられない。まるで不治の病のように、二度と完治することはない。

そうして誰もが善と悪との二面を持ち合わせ、それを上手く擦り寄せながら、必死に息を吸っては吐いてを繰り返す。

一流ホテルにすら引けをとらないと言われるこの場所も、坂の下にあるような築何十年というアパートも、結局そこにいる人間の本質とは関係がないのだ。

「ああ、なんて可哀想なの」

耳元にスマートフォンを当てたまま、口の中で呟いた。死に際に聞く声が世界で一番嫌いな女だなんて、私のくだらない人生の幕切れにはお似合いかもしれない。

可哀想だと言われていたから、それはお前だと言い返したのだ。だって、私に出会わなければ本性を隠したまま生きていけたのに。

四十階から、たった一人目がけて飛び降りる。脂肪まみれの重たい身体が、一瞬ふわりと宙に浮かんだ。


――ああ、楽しかった。

私の思うままに福田優里が堕ちていく様は、実に滑稽で痛快だった。これでもう、なんの躊躇（ためら）いもなく地獄へ行ける。

このマンションで初めて出会ったあの日から今日までずっと、頭の中はずっとあの女でいっぱいだった。どうやって絶望させてやろう、地に膝をつかせてやろう、私に依存させてやろうと、考えるだけで心が躍った。

何が「友達になろう」だ、ふざけるなと舌打ちをしながら、私はじわじわと福田の喉元に指を絡め、少しずつ力を込めていく。

私がそうであるように、お前が死ぬ瞬間も必ず「姫宮麗子」という存在が脳を支配するだろう。うわべだけの友人でも、都合よく頼ってくる家族でも、自分のことしか頭にない夫でもなく、この私のことを。そのためにわざわざ、こんなにも手の込んだ舞台を用意したのだから。

私の人生が地に叩きつけられるその瞬間、この瞳に、たった一人が映し出される。まるで、最愛の恋人を愛しく想いながら死んでいくヒロインのように、私は心の底からとろけるような笑みを浮かべたのだった。

エピローグ

この地区では最大級の規模を誇る高級マンション『legame profondo』。誰もが憧れるこの場所で起こった、短期間の間に二人も人が死ぬというセンセーショナルな事件。マスコミやネットニュースに大々的に取り上げられ、しばらくは報道陣や視聴率稼ぎの動画配信者達がハイエナの如く群がっていた。

一人目の死者は、姫宮麗子——私達はふざけてヒメと呼んでいたけれど、彼女はある日突然飛び降りて死んだ。私達の暮らすこのマンションは外廊下ではなく内廊下仕様となっている。

吹き抜けから最上階以外の全戸を見渡すことができるのだけれど、あろうことか姫宮はその場所で飛び降り自殺を図った。自室へ向かうためには、必ず吹き抜けを通らなければならず、そのたびに誰もが彼女の存在を思い出し顔を青くした。

マーブル模様の大理石には、何の痕跡も残っていない。それでも、姫宮はこの辺りに血液と内臓をぶち撒けて死んだのだと想像すると、気味が悪くて仕方ない。

私の中には罪悪という感情は微塵もなく、もっと場所を選べとしか思えなかった。

そして二人目は、なんとあの福田優里。しかも彼女は自殺ではなく、姫宮の母親に包丁で刺されたことによる、失血死。これには誰もが驚愕し、さまざまな憶測が飛び交った。

確かに私も多少驚きはしたけれど、好都合としか言いようがない。姫宮の自殺だけなら、私が彼女をいじめていたことを知る仲間内の誰かが、これ幸いと騒ぎ立てたかもしれない。ところが、福田を刺したのが姫宮の母親で、逮捕時も娘の仇討ちだなんだと高笑いしていたらしい。となれば、本当に姫宮を追い込んだのは私ではないという図式が組まれ、自然と非難の対象から外れた。

ただでさえ、ネットには僻み根性丸出しのアンチが潰しても潰しても湧いてくるというのに、これ以上の炎上騒ぎは御免だ。

二人が一体どんな関係だったのかは定かではないけれど、私にとって不利にならなければどうでもいい。特に福田は、地味で冴えないくせに私を脅してきて鬱陶しかったから、いい気味としか思わない。

心の病を抱えていると自ら公表したことも、まったく知らない動画配信者をプッシュしたことも、どちらも私の追い風となり、これまでとは異なる層のファンが増えた。

一人だったら、絶対に思いつかないアイディア。ＤＭのやり取りのみで、顔も知らない『福田のアンチ』からの情報提供。

一見、人畜無害で記憶にも残らないほど平凡な彼女は、裏ではかなりの嫌われ者だったらしい。若い男とのベッドイン写真をそこら中にばら撒かれるなんて、大物芸能人だってそう経験することではないだろう。

「ついでに、アンチも全員この世から消え去ればいいのに」

全面ガラス張りのリビングからの景色を眺めながら、ミラーネイルの施された指先は絶え間なくスマートフォンを操作する。見れば腹が立つと分かっているのに、こうしてエゴサーチすることをやめられない。

私は、自分さえ幸せならそれでいい。他人を傷つけることに罪悪感を抱くこともない、欲しいものは手段を選ばず手に入れるし、たとえ友人だろうと平気で蹴落としてきた。

それでも、自分が同じことをされるのは嫌だ。我慢できない、私に楯突く人間は全員地獄に堕ちればいい。

「あーあ。幸せになりたい」

ぽつりと呟いた瞬間、リビングのドアが開いた。そこから不機嫌そうに顔を出したのは、私の夫。

「……今帰ってきたの？」

スマートフォンを握り締めたまま、そう声をかける。返事の代わりに返されたのは、深いため息。

「何。今さら文句？」

「別に、そうじゃないけど」

「俺たちもうとっくに破綻してるんだから、いちいち干渉してこないでくれる？　鬱陶しい」

彼は冷蔵庫から炭酸水の瓶を取り出し、グラスに注ぐ。微かに弾けるパチパチという泡の音が、妙に耳障りだった。

「というか、本当ならこんなマンション帰りたくもない。人二人も死んで気味悪いし、価値は下がるしで最悪だ」

「じゃあ、いっそ引っ越す？　知り合いから聞いた話なんだけど、今都心に新しいデザイナーズマンションが建設中みたいで……」

努めて明るい口調で振る舞うけれど、彼はそれを鼻先で一蹴した。

「お前との生活なんかどうせ世間体のためだけだし、どうでもいいわ」

「……そう」

いつからこうなのかと問われても、もう記憶にないほど昔からとしか答えられない。フランスの血が混ざった夫は、街を歩けばほとんどの女が振り返るほどに見た目が良く、スタイルも完璧。若くして起業し、現在は年商数億というハイスペックの持ち主。

端から見れば、彼のような男の妻である私は文句なしに勝ち組で、血走った目で羨望の眼差しを向けられた回数も数えきれない。それは言葉では言い表せないほどの快感で、一度この甘美なドラッグを味わったら最後、手放すことなど不可能。

たとえ肉体より先に精神が壊れても、私は『女王・帝人綾女』を死ぬまで演じ続けるのだ。

「たまには一緒にランチでも食べない？」

「冗談だろ？　必要なものを取りに来ただけだ」

夫にとって必要なものがまだこの家に残っていたなんて、辛辣な言葉よりもそちらのほうに驚いた。

彼には不倫相手がいて、その女と住んでいる家がほとんど本宅のようなもの。こんな状態でもなお結婚生活を続けているのは、私の父が彼の経営する会社に多額の資金を援助しているから。

そして私自身も、どれだけ邪険に扱われようとも離婚という選択肢をとる気はさらさらない。見栄のため、ＳＮＳ映えのため、プライドを守るため。

夫の相手は、この世に掃いて捨てるほど存在している量産型の冴えない女。あんな格下に、この私が妻の座を奪われるなんて絶対に許せない。

もはや、自身のエゴサーチと不倫相手のＳＮＳチェックが、私の日課となっていた。

「ねぇ」

窓の外に広がるビル群をぼうっと見下ろしながら、彼に声をかける。なぜこんな言葉を投げかけたくなったのか、自分でも不思議だった。

「もし私が死んだら、泣いてくれる？」

火を見るよりも明らかな回答。情緒が不安定な女というものは、総じて同じ行動をとる。胸を抉られると分かっているのに、どうしても問わずにはいられない。

自ら針のむしろに飛び込み、ズタズタに傷つきながら必死にもがく。全て無駄な行動なのだから、初めから静観していればいいものを。

「そうだな」

嘲笑と共に、夫が一歩私に近づいた。

「その時にちゃんと泣けるよう、今から練習しておかないとな」

ほら、傷ついた。なんて馬鹿な女なのだろう。

彼はそれだけ口にして、再びリビングを出て行こうとする。ドアノブに手をかけた瞬間、思い出したような声を上げた。

「そういやさっきも、エントランスで誰か泣いてたな。妻を刺されたとか一人でぶつぶつ言ってたから、この間の事件の被害者の夫？　何カ月経っても悲しめるなんて、羨ましいよ」

「……どうでもいいこと話してないで、さっさと行けば？　彼女、待ってるんでしょ」

抑揚のない声と共にちらりと視線だけを向けると、夫は憎々しげに私を睨(にら)みつけ一度舌打ちをする。てっきりドアに八つ当たりでもするかと思ったけれど、そんな必要すらないとばかりに音も立てずに出て行った。

「泣いてた、ね……」

私にとっては、下らないさまつな話。福田優里は殺される少し前、若い男との不倫写真をばら撒かれて、夫から慰謝料を請求されたと聞いた。他にも色々と問題を起こしていたらしく、嘘か本当か判断できない噂話が、マンション中を駆け巡っていた。

挙げ句の果てに怨恨が原因で刺され、彼女の夫もとんだ女を妻にしたと後悔してもおかしくないのに。もうこの世にいない人間のことを想って涙を流すなんて、お人好しの馬鹿としか言いようがない。

所詮は似た者夫婦だったというだけの話なのに、なぜこんなにも腹立たしく感じるのか、自分でも上手く説明できなかった。

それにしても彼女は、最近身近で起こっていたらしいトラブルを、全て私の仕業だと勘違いしていた。騒ぎ立てられる前に勝手にいなくなってくれて、どうやら神様も美人のほうが好きらしい。

結局、福田優里を陥れた真犯人が誰だったのか、そんなことはもうどうだっていい。終わった話にはなんの興味も関心も持てないし、そもそも低層階で起こることは最上階に暮らす私にはなんの関係もない。

「ああ、まただわ。気持ち悪い」

スマートフォンの画面に映し出された通知を見て、思わず顔をしかめる。近頃、この『本間アザミ』と名乗る人物から頻繁に交際を求める内容のＤＭが届き、気味が悪くて仕方ない。こんなことは初めてではないし、徹底的に無視していればそのうち飽きるだろう。

この程度のことで心を揺さぶられるような初心な時期は、とうに過ぎた。

私はこれからも、この場所から引き摺り下ろそうとしてくる敵をただひたすらに排除し、女王として完璧に立ち振る舞うだけだ。愛されたいなどという幻想は、地獄に堕ちてから夢見ればいい。

「ああ、可哀想」

思いきり嘲笑したつもりだったけれど、なぜか私の唇からは吐息のような呟きがぽつりと漏れるだけだった。


——さて。一番の『演者』は、一体誰だったのでしょう。

本書は、書き下ろしです。

新世代のアーティスト
Ayato
（from 夜更かしさんは白昼夢を見る）
による
『生贄たちの午後』を聴こう！

●

本小説ストーリーの主題となっている「偽善」をテーマに Ayato が作詞作曲、楽曲を制作。小説の結末から浮かび上がる主人公の感情が表現されており、主人公が至る末路の「ナゼ」に対するアンサーが含まれています。小説と音楽で広がるサスペンス・ストーリーをお楽しみください。

●聴取方法
楽曲の聴取はスマートフォンで本ページの二次元コードを読み込み、画面の指示に従ってお楽しみください。
※主要音楽配信サービスからご利用いただけます。
※ Wi-Fi 等での聴取をお勧めします。
●注意
本コンテンツは、予告なく内容変更および中断する可能性があります。利用に際し、端末不良・故障・不具合および体調不良などが発生したとしても、そのすべての責任を弊社は負いません。すべて自己責任で聴取してください。

PROFILE

清水セイカ
しみずせいか
広島県出身。
『悪魔はそこに居る』が実写ドラマ化、
『宿無しイケメン拾いました』は
コミカライズされる等、
話題作を連発する気鋭の存在。
趣味はサブスク、読書、漫画。